奥兹国奇遇记

奥兹玛公主

［美］弗兰克·鲍姆◎著

［美］约翰·R.尼尔◎绘

李静◎译

CHISO 新疆青少年出版社

图书在版编目（CIP）数据

奥兹玛公主 / (美) 弗兰克·鲍姆著；李静译. --
乌鲁木齐：新疆青少年出版社，2023.4
（奥兹国奇遇记）
ISBN 978-7-5590-9320-2

Ⅰ.①奥… Ⅱ.①弗… ②李… Ⅲ.①童话 – 美国 –
近代 Ⅳ.①I712.88

中国国家版本馆CIP数据核字（2023）第066868号

奥兹玛公主

AOZIMA GONGZHU

弗兰克·鲍姆 著　约翰·R.尼尔 绘　李静 译

出版发行　新疆青少年出版社有限公司
社　　址　乌鲁木齐市北京北路29号
电　　话　0991—6239231（编辑部）
经　　销　各地新华书店
印　　刷　天津融正印刷有限公司
法律顾问　王冠华　18699089007
开　　本　787mm×1092mm　1/16
印　　张　11
版　　次　2023年6月第1版
印　　次　2023年6月第1次印刷
书　　号　ISBN 978-7-5590-9320-2
定　　价　45.00元

新疆青少年出版社有限公司官网　http://www.qingshao.net
新疆青少年出版社有限公司天猫旗舰店　http://xjqss.tmall.com

CHISO 新疆青少年出版社

　　亲爱的小读者们，你们是我最好的朋友，也是每一本奥兹国故事的编剧和负责人。你们都想要知道更多关于多萝茜和她的伙伴们的故事，你们在写给我的来信中表达了对作品的诸多期待，比如有人问："那只胆小的狮子后来变成什么样了呢？"还有的人关心："奥兹玛后来又有什么新闻吗？"还有些小读者非常有创造力地帮我编起了剧情，说："有没有什么办法能让多萝茜再重返奥兹国呢？"以及"如果让多萝茜和奥兹玛相遇，两个小姑娘一定会成为好闺密的吧？"说真的，如果要满足每个小读者们的期待，我至少得再写十几本书。不过为了你们，我亲爱的小朋友们，我非常乐意这样做，这是我的荣幸——正如你们给予我和故事的喜爱和赞美一样，写故事的整个过程也令我充满了喜悦和享受。

　　如你们所愿，下面的这个故事正是和多萝茜有关的，而且我们熟悉的老朋友稻草人、铁皮樵夫、胆小狮，还有奥兹玛也都将再次和大家见面。不仅如此，故事里又迎来了几位新的成员，他们也个个稀奇古怪，与众不同——想必大家已经迫不及待地想要一睹为快了吧？有个小读者在本书正式出版前就看到了这个故事，他认真地评价说："鲍姆先生，这个故事肯定就是真实发生在奥兹国的事，对不对？奥兹国里真的有个滴答人，还有母鸡比莉娜和总是吃不饱的饿虎也是真的住在奥兹国对不对！"

这个评价委实令我欣慰，如果广大的小读者读完这个故事也都是这样认为的，那就是对这本书最大的肯定了。无论如何，亲爱的小读者们，我衷心希望能从你们那里收到更多热情的来信，我渴望听到大家更多的想法和愿望，特别是关于奥兹玛的。希望奥兹国的故事能带给大家更多惊喜。

弗兰克·鲍姆
1907 年于麦塔瓦

目录
Contents

目录
Contents

第一章

飓花里的小姑娘

　　狂风呼啸，卷起了海水，海面卷起千层浪，风随即推高海浪，小波浪堆积成大波浪，风又把大波浪抬高，直到掀起了惊天巨浪。巨浪滔天，甚至比楼房还高，恐怖异常。有的浪头似乎冲入云霄，有的好比险峻的高山，巨浪之间的波谷好比深不可测的峡谷。

　　咆哮的狂风毫无理由地把海水搅得翻天覆地，导致可怕的风暴席卷而来。众所周知，海上的风暴并不受人欢迎，甚至会引发可怕的后果。

　　就在海风刚刚开始刮起时，有一艘轮船正在一望无际的海面上航行。随着海浪越积越高，轮船开始起起落落、左右倾斜，时而朝左、时而向右。船身剧烈摇晃，连水手都不得不牢牢抓紧缆绳和栏杆，生怕被狂风卷

走或者跌进海里。

天空乌云汇聚，把阳光遮得严严实实，白天俨然变成了黑夜，更加剧了人们对风暴袭来的恐慌。然而，船长却不放在心上，因为他经历过无数这样的风暴，每一次都能驾驶轮船安然脱离险境。当然，他也明白，旅客停留在甲板上十分危险，所以他把全部旅客集中在船舱里，告诉他们暴风雨并没有那么可怕，很快就会风平浪静，到时大家就可以到甲板上兜风了。

这些旅客中有一个叫多萝茜·盖尔的小姑娘，来自堪萨斯州，她跟她的叔叔亨利同行，准备到澳大利亚探亲。亨利叔叔以前在堪萨斯农场工作，常年辛苦的劳作拖垮了他的身体，所以他病恹恹的，还有些神经质。这次，他想放松一下，便安排妻子留在家里打理农场、监督雇工，打算自己到澳大利亚探亲。

多萝茜请求跟他同行，亨利叔叔也相信她是一个有趣的同伴，能让旅程不那么枯燥，所以答应了她。小小年纪的多萝茜已经是一个经验丰富的旅行家，她曾经在堪萨斯的一场龙卷风中被卷到神秘的奥兹仙境，在那个神奇的国度奇遇多多。所以无论发生什么事，她一般都能镇定自若，比如此时海风肆虐、波浪滔天，这个勇敢的小女孩丝毫不因周遭的嘈杂声而感到惊慌。

"我们得听船长的，待在船舱，"她对亨利叔叔和其他旅客说，"船长不是说过吗，停留在甲板上会被风卷走，所以我们要耐心等待，直到风平浪静。"其实不用她说，谁也不会出去冒险，旅客们全都挤在狭小阴暗的船舱里，一边听着外面狂风的怒吼和桅杆、帆缆的吱呀声，一边在船身左右倾斜时努力保持平衡，以免撞到别人。

多萝茜本来昏昏欲睡，不知怎么，一下子惊醒了，竟然没看见亨利叔叔。他会去哪儿呢？想到他虚弱的身体，多萝茜不由得开始担心，生怕他去甲板上了。如果真是那样，可就太危险了，必须把他找回来！其实，亨利叔叔就躺在自己狭窄的铺位上，只是多萝茜没看见。想起爱姆婶婶千叮咛、万嘱咐，要她照顾好亨利叔叔，她毫不犹豫地从楼梯爬到甲板上去了。

此时，暴风雨愈发猛烈，船身也颠簸得更加剧烈。多萝茜刚站到甲板

上，狂风就席卷而来，差点把她的裙摆扯下来。然而与暴风雨作战却令她感到格外刺激和兴奋。她牢牢握住栏杆，在昏暗中左右张望，很快，她看到一个朦胧的身影就靠在距离她不远的桅杆上。说不定就是亨利叔叔！想到这里，多萝茜奋力呼喊："亨利叔叔！亨利叔叔！"然而海风也奋力地呼啸着，多萝茜只能勉强听到自己的声音，那个人肯定什么都听不到，他一动不动就是最好的证明。

多萝茜想了想，马上决定到他那边去。她趁着风暴减弱时一点一点往那边移动，一直安全抵达一个方形大鸡笼旁边——鸡笼用绳子捆在甲板上，看上去很牢固。正当多萝茜想抓住鸡笼时，狂风似乎因这小女孩竟敢挑战它而发怒了，就在一瞬间力量加倍呼啸而来，仿佛一个暴怒的巨人，一声高过一声地嘶吼着，生生吼断了拴着鸡笼的绳索，把鸡笼连同抓着鸡笼的多萝茜一起卷到了高高的空中。

鸡笼被吹得在空中不停地翻滚，翻到这边，又翻到那边，没多久就掉进了大海，恰好掉在浪尖上，又跌进波谷中。巨浪就这样把鸡笼卷来卷去，仿佛认为这是世上最好玩的游戏。

不难想象，多萝茜这时是一只不折不扣的落汤鸡。但是她始终没有放弃，一直牢牢抓着鸡笼的木条。她费劲地睁开被海水打湿的眼睛，发现鸡

笼的盖子早就被狂风掀起来了，里面的小鸡好像没有柄的鸡毛掸子，可怜巴巴地散落在海面上。鸡笼的底部是用结实的木板制成的，多萝茜就像牢牢粘在四周钉着木条的木筏上，"木筏"能够轻松承受她的体重。她使劲咳出灌进嘴里的海水，可以自由呼吸后，便小心翼翼地从木条的间隙钻进了鸡笼，完全站到"木筏"底部，使它更加平衡。

"太棒了！我有了属于自己的船！"她想。周围的环境危险多变，她的开心却超过了恐惧。当鸡笼再一次被卷到浪尖上时，她快速向四周张望，看见她和亨利叔叔乘坐的那艘船已经走得远远的，或许船上的人根本没有发现少了一个小姑娘，就算知道她现在很危险，又能怎样呢？鸡笼再次跌进了波谷，重新被卷到浪尖上时，那艘船已经行驶得更加遥远，看上去只有玩具船那么大，很快就彻底消失在模糊的海面上。与亨利叔叔分开令多萝茜惋惜，她无奈地叹着气，开始思考接下来该怎么办。

此时，她在大海上颠簸，能让她不沉到水里的，就只有这个寒酸的木鸡笼。海水不停地从木条的缝隙中灌进来，她全身都是湿漉漉的，显然不可能有干衣服替换。肚子饿的时候，肯定也没有食物吃——不出意外，她很快就会感到饥饿；口渴的时候，当然也没有淡水喝。

"哎！让我告诉你吧，"她哈哈一笑，高喊着，"多萝茜·盖尔，你现在的处境十分糟糕，我没有任何好主意让你脱离这样的处境！"

更糟糕的是，黑夜就要到来了，天空的乌云仿佛变成了一块黑布罩在头顶。好在海风终于停止了肆虐，结束了在这片海面上的嬉戏，或许又跑到世界的另一个地方开始下一场恶作剧了。

波浪平息下来，大海重归以往的宁静，对于多萝茜来说，这是最好不过的了。否则她就算再勇敢，也终究坚持不了多久。别的孩子遇上这样的事，早就惊慌失措、哭哭啼啼了，但是多萝茜以往遇到过无数危险都安然渡过了，因此这次并没有多么害怕。除了衣服湿漉漉地沾在身上、不大舒服，她在高喊完那一句话之后，就让自己恢复了以往的乐观、活泼，她决定耐心地等待，看看自己的命运究竟会走向何方。

乌云织成的黑布逐渐消散，天空变成了深蓝色。月亮散发出柔和的银

光，点点繁星在多萝茜凝视夜空的时候，纷纷对她眨眼。

　　鸡笼结束了翻滚，仿佛一个摇篮般顺从地随波漂浮。大半天的惊吓与颠簸令多萝茜疲惫不堪，她看见鸡笼里不再涌入海水，决定美美地睡上一觉。要知道，睡眠是她恢复体力、消磨时间的最好办法。

　　鸡笼的底部潮湿不堪，她身上的衣服也湿淋淋地不停滴水。好在天气十分温暖，她丝毫不觉得冷。于是她坐在鸡笼的一个角落里，身后靠着木条，对着天上的繁星友好地点点头，便合上双眼，很快进入了梦乡。

第二章

黄 母 鸡

多萝茜是被一个奇怪的声音吵醒的，她睁开眼睛，发现天色已经大亮，碧空如洗，万里无云。她刚才做了个梦，梦见自己回到了堪萨斯，在农场和小牛、小猪、小鸡追逐嬉戏，要不是睁开了惺忪的睡眼，她真以为一切都是真的呢。

"咕——咕——咕，咕——咕——咕！咕——咕——咕！"

对！就是这奇怪的声音吵醒了她。这听上去是一只母鸡的叫声。可多萝茜瞪大眼睛，从木条的缝隙望出去，只看到蔚蓝的大海，风平浪静。这让她想起昨日的惊险遭遇，正是暴风雨让她无家可归，一个人漂泊在这危机四伏的海面上。

"咯——咯——咯，咯——

达——啊——咯！"

"是谁在叫唤？"多萝茜还是找不到声音的来源，一边起身一边喊。

"我刚刚下了枚蛋，有什么问题吗？"一个又尖又细的声音清晰地在耳边响起。多萝茜四下张望，发现鸡笼对面的角落竟然有只鸡——一只黄母鸡！

"老天！"她惊呼，"昨夜你也在这儿待着？"

"那还用说，"母鸡边说边拍拍翅膀，打了个哈欠，"当大风把这鸡笼从船上卷走时，我用脚爪和嘴死死抓住木条，因为我十分清楚，如果掉进海里肯定就没命了。说真的，当海浪一遍遍地扫过我全身的时候，我几乎就没命了。我这辈子都没湿得这么狼狈过。"

"对极了，"多萝茜很认同黄母鸡说的话，应和道，"有一阵子海浪的确很凶。那你现在感觉如何？"

"不大好。好在阳光晒干了我的羽毛——你的衣服不也晒干了吗。我清早下完了蛋，舒服多了。但我就想知道，我们在这大池子里漂来漂去，以后该怎么办呢？"

"你以为我不想知道吗？"多萝茜说，"不过，请先告诉我，你为什么能说话，我一直以为母鸡只会咕咕叫呢。"

"这个嘛，"母鸡想了想，说，"我以前的确只会咕咕叫，我记得，就在今天清早以前，我也没开口说过话，但是一分钟之前，你问谁在说话，我开口回答你仿佛是天经地义的一样。所以我就说话了，看样子还能一直说下去，就像你们人类一样。真是件怪事，你说呢？"

"的确很奇怪，"多萝茜回答，"不过，如果是在奥兹国，就不值得大惊小怪了。因为在奥兹国，许多动物都会说话，但是这里离奥兹国很远很远呢。"

"我的语法标准吗？"黄母鸡一副心事重重的样子，"你觉得我说得怎么样？"

"很好呀！"多萝茜说，"作为一只刚会说话的黄母鸡，你的语法相当标准。"

"听你这么说，我就放心了，"黄母鸡显然很相信多萝茜，"既然会说话了，就要尽量说得标准些。那只红雄鸡经常说我的咕咕声就很标准，现在我知道了，我说话也不错，真高兴啊！"

"我肚子饿了，"多萝茜说，"该吃早饭了，可是什么食物都没有。"

"你可以吃我的蛋，"黄母鸡说，"放心吧，我不会介意的。"

"你不准备用它孵小鸡吗？"多萝茜很吃惊。

"我压根没打算这么做。如果没有一个清净的地方、一个松软干燥的窝和 13 只鸡蛋，我是绝对不会孵小鸡的——当然，对母鸡来说，13 可是一个幸运数字。所以你就放心地把我的蛋当早餐吧！"

"可是，不是煮熟的蛋，我也不能吃。"多萝茜说，"不过，无论如何，我都要谢谢你的好意。"

"不必客气，亲爱的。"母鸡一边平静地回答，一边打理起自己的羽毛。

多萝茜站起来，眺望着一望无际的大海，心里还是对那只鸡蛋念念不忘，所以接着又问："既然你压根没打算孵蛋，为什么还要把它们生下来呢？"

"习惯了，"黄母鸡说，"每天清早下一个新鲜的鸡蛋一直是我的骄傲，只有换毛的时候例外。生蛋能让我咕咕地叫，如果每天早晨没有机会咕咕地叫上一阵，我就会觉得浑身不舒服。"

"听上去很奇怪，"多萝茜想了想说，"不过我毕竟不是一只母鸡，理解不了倒也很正常。"

"没错，亲爱的。"黄母鸡说。

多萝茜又沉默了，有黄母鸡陪在身边，总算是个安慰，不过在这望不到边际的海面上，可怕的孤独感还是那样清晰。

过一会儿，黄母鸡飞了起来，停在鸡笼最上面的木条上，那里要比多萝茜的头高出一截。

黄母鸡在上面坐了一会儿，突然高声喊道："亲爱的，我看到陆地了！"

"在哪儿？在哪儿？"多萝茜嚷嚷着，激动得一蹦三尺高。

"没多远了，"黄母鸡一边回答，一边歪着她的头向多萝茜指示方向，

"我们恰好是向那里漂去，如此一来，不用等到中午，我们就能登陆了。"

"最好是这样。"多萝茜说着，长舒了一口气，因为海水还是会偶尔顺着木条的缝隙流进鸡笼，弄湿她的腿、脚。

"我也这么想，"黄母鸡说，"世上还有什么比落汤鸡更狼狈呢！"

她们仿佛在飞速接近陆地，因为下一分钟就远比上一分钟看得更清楚，多萝茜从木条的缝隙看过去，发现那里的景色非常优美。水边是一大片沙滩，白色的沙砾点缀其间，再往前有几座山冈，山冈后面隐隐露出苍翠的绿树，显然是森林的边界。然而，她并没有看到房屋，也没有发现这片陌生的土地上有人类活动的任何痕迹。

"但愿能找到食物，"多萝茜充满渴望地望着她们即将抵达的那片沙滩，"尽管早饭时间已经过去了很久。"

"其实我也饿了。"黄母鸡说。

"你可以吃自己的蛋呀，"多萝茜说，"你又跟我不一样，只吃煮熟的食物。"

"你居然让我吃自己的同类！"黄母鸡愤慨地叫喊，"我是说了什么还是做了什么，让你用这样的言辞羞辱我！"

"请原谅！夫人，我……我想问一下，我可以知道您的名字吗？"多萝茜说。

"我叫比尔！"黄母鸡粗声粗气地回答。

"比尔？这是男孩子的名字呀！"

"那又怎样呢？"

"可您是一只母鸡呀！"

"我当然是一只母鸡，可我刚刚出生的时候，农场里没有任何人敢断定我究竟是公鸡还是母鸡，所以那里的小男孩就叫我比尔，还把我当成他的宠物，因为那一窝鸡崽中只有我一只小黄鸡。等我长大后，他看到我并不像公鸡那样好斗爱鸣，却也不想给我改名字，所以农场所有的家禽、牲口和人都叫我'比尔'，这就是我的名字！"

"但这完全是个错误，"多萝茜热心肠地说，"要是你不介意，我想叫你

'比莉娜'，你听听，这才是女孩子的名字！"

"哦，无所谓，"黄母鸡说，"只要我知道这名字是在叫我，随便你怎么叫。"

"太好了，比莉娜！我叫多萝茜·盖尔，朋友们都叫我多萝茜，陌生人则称呼我为'盖尔小姐'，如果你不介意，就叫我多萝茜吧！我们马上就靠岸了，你感觉水深不深？我们要不要下去？"

"稍等一会儿吧！"黄母鸡说，"阳光和煦温暖，不必急着上岸。"

"可我的脚一直湿乎乎的，"多萝茜说，"虽然衣服干了，那也要等到脚也干了，才能真正地舒服。"

尽管如此，她还是决定听黄母鸡的话，耐心地等待。很快，鸡笼就被海水缓缓地送上了沙滩，危机重重的海洋之旅结束了。

多萝茜和黄母鸡轻松地上了岸，黄母鸡是飞到沙滩上的，多萝茜则不得不从鸡笼的木条上爬过去。当然，对一个从小在乡下长大的小姑娘来说，这太容易了。她刚上岸，就把湿淋淋的鞋袜脱掉，晾在被太阳晒得暖洋洋的沙滩上。

然后她坐下来，看见比莉娜正用她坚硬的喙在沙滩上东啄啄、西啄啄，还不时地用结实的爪子刨来刨去。

"你这是做什么？"多萝茜问。

"这还用问，"比莉娜一边啄得更快，一边嘟囔着，"我在吃早饭。"

"有什么可吃的？"多萝茜十分好奇。

"那可太多了，肥胖的红蚂蚁、白蛉虫，时不时还能吃到只小蟹。我跟你说，它们的味道实在太棒了。"

"好恶心啊！"多萝茜厌恶地抬高了声调。

"怎么会恶心呢？"比莉娜抬起头，眼神明亮地注视着多萝茜。

"哎哟，吃活物，还是恶心的虫子和蚂蚁，你一点也不为自己感到羞愧吗？"

"老天！"比莉娜不解地回答，"你真是个怪小孩，多萝茜，活物远比死物新鲜、卫生，哪像你们人类，只知道吃死物。"

"我们可没吃死物。"多萝茜说。

"你们不吃？"比莉娜喊着，"你们吃羊羔、绵羊、小牛和小猪，连小鸡也不放过。"

"那我们也是煮熟了再吃。"多萝茜骄傲地说。

"那还不是一样。"

"怎么会一样呢？"多萝茜一本正经地说，"尽管我也说不好哪里不一样，可就是不一样。并且，我们从来不吃昆虫这类恶心的东西。"

"但是你们吃那些吃昆虫的小鸡！"比莉娜阴阳怪气地反驳，"所以你们也不比我们鸡好到哪里去。"

多萝茜哑口无言，比莉娜没有说错，但这却让她对早饭失去了兴趣。至于比莉娜，仍然匆忙地在沙滩上啄来啄去，看上去对自己的食物十分满意。

过了一会儿，比莉娜走到水边，尖喙再次伸进沙土，却又马上缩了回来。

比莉娜忍不住打了个哆嗦，喊道："哎哟！我啄到金属了，几乎没把我的嘴震裂。"

"应该就是块石头。"多萝茜心不在焉地说。

"胡说！"比莉娜生气地喊道，"我能分不清石头和金属吗？啄上去是完全不一样的感觉。"

"可是，在这人迹罕至的海岸边，怎么可能有金属呢？"多萝茜固执地说，"在哪里？我来挖，挖出来让你看看，我没说错。"

比莉娜把差点震裂她的嘴的地方指给多萝茜，多萝茜马上开始挖沙，挖着挖着，触到一件硬东西，她伸进双手，把那东西拽了出来。那竟然是一把长长的金钥匙，尽管很旧，但是光彩夺目，丝毫没有变形。

"我说什么来着？"比莉娜洋洋得意地咕咕叫，声调也抬高了不少，"只要轻轻一碰，我的嘴就能分清是石头还是金属！"

"真的是金属，毫无疑问。"多萝茜望着手中的金钥匙，边思考边说，"应该是纯金的，或许在这里埋了很久了。比莉娜，你觉得这把神秘的钥匙为什么会在这里出现呢？它是用来开什么锁的呢？"

"不知道，"比莉娜摇摇头，"对钥匙和锁，你应该比我在行。"

多萝茜四处张望着，附近一处房屋都没有。在她看来，一把钥匙开一把锁，而每一把锁也应该有它的用处。或许这把钥匙是某个远方游客在沙滩上散步时不小心掉落的。

多萝茜一边这样想着，一边把钥匙收好，穿上晾干的鞋袜。

"我想，比莉娜，"她慢吞吞地说，"我们得到附近走走，看能不能找到食物。"

第三章

沙滩上的手

　　她们向树林的方向走去，没走多远，突然发现平坦的沙滩上似乎有奇怪的符号，看样子是用树枝画出来的。

　　"上面写的什么？"多萝茜问比莉娜，后者正在她身边神气十足地走着。

　　"我怎么知道？"比莉娜说，"我不认字。"

　　"啊，真的吗？"

　　"当然是真的，我又没上过学。"

　　"哦，我倒是上过，"多萝茜说，"不过，这些笔画写得太大，间隔又远，不大好分辨。"

　　她把所有笔画挨个儿看了一遍，终于拼出了这句话："小心车轮人！"

　　"太奇怪了！"比莉娜听多萝茜读完这句话以后说，"你觉得车轮人是什么样子的？"

　　"我觉得就是推车的人，"多萝茜说，"推着手推车、婴儿车，或者手拉车。"

"也可能是汽车，"比莉娜推测，"你说的这些车子没什么好提防的，汽车可是危险的家伙，撞死了我好几个朋友。"

"不大可能，"多萝茜说，"这里荒无人烟，没有电车、电话，也不可能有汽车。我难以相信这里有汽车，比莉娜。"

"也许你是对的，"比莉娜点头，"我们现在怎么办？"

"到树林里去，看那里有没有水果或者坚果。"多萝茜说。

她们穿过沙滩，绕过一座小山岗的山脚，来到了树林边。

多萝茜开始时很失望，因为这里全是矮树丛、白杨树、桉树，压根不长水果和坚果。

多萝茜有些绝望了，直到她走到两棵奇怪的树跟前。

其中一棵树长满了方形的盒子，这棵树应该是四季结果的，因为不少树枝上还开着花，而有些树枝已经结出了小小的、翠绿的盒子，显然还没熟。在最大和最成熟的盒子上面，可以看到清晰的"午餐"字样。这棵树的树叶全是餐巾纸，让这个肚子饿得咕咕叫的小姑娘更加惊喜。

而另一棵树就更妙了，结的全是马口铁做的晚餐桶。这些桶个个沉甸甸的，把粗壮的树枝压得抬不起头，个头小的是深褐色，大点的是暗暗的

马口铁色，颜色鲜亮的则是已经熟透的，在阳光的照耀下闪着银光，好看至极。

多萝茜欢呼雀跃，连比莉娜也万分惊讶。

多萝茜踮起脚尖，摘下了最成熟、最大的午餐盒，迫不及待地打开了它。里面是白纸包着的一个火腿三明治、一块松糕、一根腌黄瓜、一片新鲜的奶酪和一个苹果。它们分别都有自己的梗，掰下来才能吃。多萝茜发现这些东西可口极了，所以吃了个精光。

"午餐跟早餐当然是不同的，"她对一直在旁边好奇地注视着她的比莉娜说，"不过要是饿极了，哪怕是在清早吃晚餐，也没什么可抱怨的。"

"但愿你的午餐盒熟透了，"比莉娜担心地说，"吃不熟的东西会引起很多疾病。"

"放心吧！我肯定它熟透了，除了腌黄瓜，不过腌黄瓜本来就是生吃的。每样东西都十分美味，比野餐时的食物好上千万倍。眼下我打算再摘一只晚餐桶，饿的时候再吃。然后我们再到别的地方转转，看看这里究竟是什么地方。"

"你真的不清楚这里是什么地方吗？"比莉娜问。

"当然是真的，"多萝茜说，"不过，我可以向你保证，这里一定是仙境，否则树上是不可能长午餐盒和晚餐桶的。还有，比莉娜，作为一只鸡，你在哪一个文明国家都不可能会开口说话，比如堪萨斯，那里就不是仙境。"

"或许，这里就是奥兹国。"比莉娜若有所思地说。

"那不可能，"多萝茜说，"我去过奥兹国，那里周围全是恐怖的沙漠，没人能穿过去。"

"那么，你为什么能离开那里？"比莉娜问。

"我原本有一双银鞋，它把我从空中带走的，可是后来我把它弄丢了。"多萝茜说。

"真的吗？"比莉娜半信半疑。

"无论如何，"多萝茜又说，"奥兹国周围没有海岸，这里一定是别的仙境。"

她边说边从树上摘下了一只银光闪闪、梗又坚韧的晚餐桶，接着和比莉娜一起出了树林，走向海边。

她们在沙滩上散着步，比莉娜突然万分惊恐地喊道："那是什么？"

多萝茜顺着她的目光看过去，只见林间小路上走出来一个古怪至极的人。

他只在走路时看起来像人，不过，与其说他是在走路，不如说他是在滑动，而且是手脚并用地滑。他的胳膊和腿一样长，就像野兽的四条腿，但多萝茜觉得他并不是一只野兽。

因为这家伙锦衣华服，头上还斜戴着一顶草帽。他还有一点跟人不同，那就是他的双臂和双腿上长的不是手和脚，而是圆圆的轮子。正是这些轮子，能让他在平坦的小路上飞快地滑动。

后来多萝茜才知道，怪人身上的轮子是由手指甲和脚指甲那样坚硬的材质构成的，这个奇怪的种族天生就是如此。这些怪人注定要让她不得安生。然而，当她第一次见到这样奇怪的场景时，还以为怪人手脚上都穿着溜冰鞋呢。

"快逃！"比莉娜大喊，惊慌失措地扑腾着翅膀，"这是车轮人！"

"车轮人？"多萝茜问她，"那又怎样？"

"你不记得沙滩上的警告——'小心车轮人'了吗？跑啊！听我的！快跑！"

于是，多萝茜拔腿就跑，那个车轮人高声尖叫着，在她们身后紧追不舍。

她们边跑边回头，发现树林里又出来一大批车轮人，恐怕有好几十个，身上全穿着华丽的紧身衣，嘴里粗鲁地怪叫着，一齐飞速地向她们滑过来。

"他们马上就追上来了，"多萝茜跑得上气不接下气，手上还提着那只晚餐桶，"我跑不动了，比莉娜。"

"爬到山上去，快！"比莉娜说，多萝茜这才看到，她们去树林时绕过的那个山冈就在眼前，比莉娜已经又飞又跳地上去了，多萝茜全力以赴地跟上去，踉踉跄跄地顺着凹凸不平的陡坡爬上山。

真是千钧一发！最前头的车轮人只比多萝茜晚了一步，看见多萝茜爬到了半山腰，他只能停下来，勃然大怒，尖叫不止。

这时，多萝茜听见比莉娜发出一只母鸡独特的咕咕的笑声。

"别害怕，宝贝，"她说，"他们上不了山，所以我们安全了。"

多萝茜立刻停下来，坐到一块石头上，气喘吁吁。

这时，所有车轮人都聚集到了山下。虽然他们的轮子不能滚上山坡，追不到多萝茜和比莉娜，可是他们把这小山岗团团包围了。多萝茜和比莉娜难以逃脱，只要下山，就会落到他们手里。

这些怪人不时地挥动着前轮吓唬多萝茜，原来他们不仅能高声尖叫，还会开口说话。其中几个人说："你们逃不掉的，放心！只要落到我们手里，你们就会被撕成碎片。"

"你们为什么要这样凶残？"多萝茜说，"我们初来乍到，并没有得罪过你们。"

"没有得罪过？"一个首领模样的人喊道，"难道你没有偷摘我们的午餐盒和晚餐桶吗？你手里拿着的是什么？"

"我每样只摘了一个，"多萝茜说，"我当时饿极了，而且并不知道你们是那些树的主人。"

　　"不必狡辩，"那首领说，他身上的衣服最华丽，"这里的法律规定，没有经过我们的许可，偷摘晚餐桶的人必须判处死刑。"

　　"别听他的，"比莉娜说，"我相信，那些树不可能是这些坏蛋的，他们杀人不眨眼，你就是没有摘晚餐桶，他们也不会放过我们。"

　　"我也这么想，"多萝茜点点头，"可眼下我们该怎么办呢？"

　　"就待在这里，"比莉娜说，"无论如何，在没饿死之前，我们都是安全的，这些车轮人拿我们没办法，并且在我们饿死之前，一切皆有可能。"

第四章

机器人滴答人

    大概一个小时以后，多数车轮人返回了树林，只留下三个在山脚下继续监视，他们像狗一样弓起腰，假装躺在地上睡觉，但是多萝茜和比莉娜没有上当，一直待在山上按兵不动，对那些坏蛋不理不睬。

    过了一会儿，比莉娜起身拍打翅膀时，突然喊道："看！那里有条路！"

    多萝茜跑到她身边一看，一点儿也不假，在不远处的石缝之间，真的有条路，好像是从山顶到山脚的环山路，在一块块大小不一的石头间绕来绕去，但路本身十分平整，走起来想必很顺当。

    多萝茜开始有些不解，车轮人为什么不从这条路上来呢？但当她们沿着这条路下山时，才发现有几块大石头堵住了路的入口，车轮人在山脚下根本没有发现这条路，自然就不能从这里上山了。

    她们决定返回去，一直走到山顶，路的尽头旁边有一块圆石头，比山顶所有的石头都要大。有好半天，多萝茜都在思考修这条路的目的。而一直在她身边走来走去的比莉娜突然停下来说道："你觉得，这像不像一

扇门？"

"什么东西像一扇门？"多萝茜问。

"喏，就是你正对着的那条石缝，它从这边绕下去，又从那边绕上来，穿过山顶又绕到山脚。"比莉娜回答，她的眼睛又圆又小，但是非常锐利，似乎能发现一切东西。

"什么意思呀？"多萝茜有点不明白。

"哎！总之，就是那条石缝，虽然没看见铰链，但我觉得它一定是一扇石门。"

"哦！没错！"多萝茜这才注意到那条石缝，"你看这是不是钥匙孔？"她指着门上一个深深的圆孔问。

"肯定是！如果我们有钥匙，就能打开门，看看里面有什么。"比莉娜说，"说不定是个宝藏，堆满了钻石、翡翠，或者光芒四射的黄金，还可能有……"

"我想起来了，"多萝茜说，"我们在沙滩上挖到的金钥匙，说不定能打开这扇门。"

"赶紧试试看!"比莉娜说。

多萝茜从衣兜里掏出金钥匙,塞进圆石孔一转,马上听到一声清脆的咔嗒声,紧接着是一阵沉闷的吱呀声,让多萝茜听得心里发慌。终于,面前那块石头开始像门一样,缓缓向外敞开,露出一间石屋。

"老天!"多萝茜和比莉娜迅速往后退,因为在那狭窄的石屋中,静静地立着一道人影,或者说,透过昏暗的光线,他至少看起来像个人,他的个子跟多萝茜差不多,身体却圆得像个球,是用锃亮的黄铜铸成的,头和四肢也是铜铸的,并且很古怪地用铰链连接在身体上,连接处都遮着金属盖,很像古代骑士们穿的盔甲。他站在那里纹丝不动,光线扫过的地方熠熠生辉,好像黄金做的。

"别怕!"比莉娜说,"这不是活的。"

"我知道!"多萝茜深呼吸一下说。

"就是铜铸的,跟我家牲口棚里那只旧水壶一样。"比莉娜说,她的一颗小脑袋转来转去,方便让那两只小圆眼睛好好地打量这个铜人。

"从前,"多萝茜说,"我见过一个铁皮人,他是个樵夫,名字就叫铁皮

樵夫，不过他起初跟我们一样，是有生命的，出生的时候其实是个真人，后来才慢慢变成铁皮人，从胳膊开始，然后是手、头……因为用斧子的时候马马虎虎，他还把自己砍伤了。"

"这样啊。"比莉娜的鼻子哼了一声，显然不相信会有这种事。

"不过，这个铜人，"多萝茜瞪大了双眼注视着他，接着说，"他肯定是没有生命的，不知道他是做什么的，为什么会被关在这里。"

"恐怕谁都不知道。"比莉娜一边说一边扭头用嘴打理翅膀上的羽毛。

多萝茜走进那间小屋，绕到铜人背后去仔细观察，发现他的肩膀后面有一颗铜钉，铜钉上挂着一张小卡片。她摘下卡片，走出光线阴暗的石屋，坐在小路旁的石板上读那张卡片。

"上面写的什么啊?"比莉娜好奇地问。

多萝茜大声念着卡片上的几行字:

专利所属: 史密斯·廷克公司

双重效能、高灵敏度、具备创造性思维和流利口才的机器人

由本公司特制的发条装配而成

有智慧、会说话、可做任何事情，除了没有生命

由埃夫国埃夫那的店独家制造

侵权必究

"太奇怪了吧!"比莉娜说，"你觉得这说的是实话吗?"

"不知道，"多萝茜说，"我还没念完呢，你继续听。"

使用说明

思考功能——上紧机器人左臂下的发条 (标记1)

说话功能——上紧机器人右臂下的发条 (标记2)

走路和行动功能——上紧机器人后背中间的发条 (标记3)

注意: 该装备可使用一千年

"哎哟！我说，"比莉娜倒吸了一口凉气，"哪怕这机器人能做到上面说的一半，也够神奇了，不过我觉得这肯定是糊弄人的，就像其他很多专利一样。"

"我们可以上发条试一下，"多萝茜提议，"看他有没有反应。"

"上发条的钥匙在哪儿？"比莉娜问。

"也挂在挂卡片的铜钉上。"多萝茜回答。

"那就试试吧，"比莉娜说，"如果卡片上说的是真的，他可以使用一千年呢，不过我们不知道他在石屋里被关了多久。"

她们又走进石屋，多萝茜从铜钉上取下了上发条的钥匙。

"先上哪一根呢？"多萝茜看着卡片上的说明问。

"我看应该上1号发条，"比莉娜说，"这可以让他思考，你说呢？"

"同意！"多萝茜说着，上紧了铜人左腋下的1号发条。

"他好像根本没反应嘛！"比莉娜说。

"这很正常，"多萝茜说，"他现在只是在思考。"

"不知道他在想什么。"

"我把有说话功能的发条上紧，说不定他就会告诉我们了。"

多萝茜说着，上紧了2号发条，铜人竟然真的开口了。但是他全身上下只有嘴巴能动："早——上——好，小——姑——娘。早——上——好，母——鸡——夫——人。"

声音听上去有些沙哑和吱吱呀呀，而且每个字的声调都一模一样，没有任何区别，但是多萝茜和比莉娜都能听懂。

"早上好，先生。"她们礼貌地回答。

"感谢你们救——了——我。"机器人又说，声调还是毫无变化，就像从他体内的风箱发出来的。小孩子在用力挤压小小的玩具羊和玩具猫时，发出的也是这样的声音。

"别客气，"多萝茜说，接着又忍不住问道，"你为什么会被锁在这里？"

"一言难——尽，"机器人回答，"我就简单地说——一下吧。埃夫国埃夫那的店制造了我，国王埃沃尔多——把我买走了，他是一个暴君，天天殴打——王宫的奴隶，直到把他们全部打——死，可是他却打不死我。因为我没有生命——一个人首先得有生命，才能死——去。所以，不论他怎样鞭打——我，我连一点伤都没有受，铜铸的身体反倒被擦得——锃亮。

"这个暴君有位美丽的妻子和十个可爱的儿女——五男五女，但是他发——怒的时候，把他们全部卖给了矮子精国——王，这个国王又用——魔法把他们全都变了样，放到他的地下宫殿去做装——饰了。

"后来，埃夫国国王后悔曾经——所干的坏事，想从矮子精国王那里把——王后和孩子救出来，但是失——败了。他非常非常——绝望，就——把我关进这间——石屋，把钥匙丢——进海里，跳海——自杀了。"

"太可怕了！"多萝茜惊呼。

"简直——可怕极了，"机器人说，"我被关进来——以后，就一直喊救命，喊到说话的发条都松了；我在这小屋里来来回回地走，把走路的发条也走松了；后来我就纹丝不动——地站在这里思考，直到思考的发条——也松了。打那以后，我就——忘——记——了一切，直到你们来了，为我上好发条。"

"这故事真是妙不可言，"多萝茜说，"说明我对埃夫国的猜测是正确的——它是个仙境。"

"一点不错，"机器人说，"我觉得，像我这样——完美的机器人，如果不是——在仙境，哪里都——造不出来。"

"堪萨斯就造不出来。"多萝茜说。

"不过，你们是从哪里找到石屋钥匙的？"铜人问。

"我们是在海边发现它的，应该是海浪把它冲到了沙滩上，"多萝茜回答，"现在，先生，不知道你愿不愿意我把你走路的发条也上好？"

"万分感谢！"机器人说。

多萝茜把3号发条上好，他马上就腿脚僵硬、摇摇晃晃地走出了石屋，然后礼貌地脱下铜帽鞠了个躬，跪下对多萝茜说，"从今往后，我就是您忠诚的——仆人，只要您上好——我的发条，不管——下达什么命令，我都会——拼命去完成。"

"你叫什么名字？"多萝茜问。

"滴答人，"铜人回答，"这是我——以前的主人取的，因为——我的发条上紧以后，就会发出——滴答滴答的声音。"

"我也听见了。"比莉娜说。

"我也是，"多萝茜说，然后她又有些迟疑地问，"你能报时吗？"

"是的，"机器人回答，"虽然——我的身体里没有装闹钟，但是我——可以用嘴报时，由于我不需要睡觉，我可以在清晨的任——何——时——间叫你起床，不管——你想什么时候起。"

"太棒了，"多萝茜说，"尽管每天早晨我都不愿意起床。"

"你可以等我下蛋时再起，"比莉娜说，"我一咕咕叫，滴答人就知道该为你报时了。"

"你几点下蛋？"多萝茜问。

"大约八点，"比莉娜说，"我想，这时大家都该起床了。"

第五章

多萝茜打开了晚餐桶

"滴答人，"多萝茜说，"眼下最要紧的事，是想个办法让我们从这里逃走。你知道，车轮人在山脚下守着呢，说要把我们判死刑。"

"那些——车轮人——没——什——么——可——怕——的。"滴答人说着说着，吐字比刚才更慢了。

"为什么呀？"多萝茜问。

"因为他们是嘎吱——嘎吱——嘎吱——嘎——嘎——嘎——吱——吱——吱——"

他的两只手拼命地舞动着，发出一阵嘎吱嘎吱的声音之后，突然安静下来、一动不动了，一只胳膊僵在空中，另一只僵硬地放在身前，五个铜手指大大地张开，跟一把扇子似的。

"老天！"多萝茜惊呼，"他怎么了？"

"很可能是发条松了，"比莉娜说，"我猜你一定没有把发条上得很紧。"

"我不知道该拧几下，"多萝茜说，"不过这回我尽量做得更好。"

她跑到铜人背后，想从铜钉上取下上发条的钥匙，但是钥匙竟然不在上面。

"不见了！"多萝茜垂头丧气地说。

"什么不见了？"比莉娜问。

"钥匙。"

"可能是他向你弯腰鞠躬的时候掉在地上了，"比莉娜说，"在周围仔细找找，说不定能找到。"

她们俩一起找，很快就找到了，原来钥匙刚刚掉进了石缝。

多萝茜立即上紧滴答人的发条，特意多拧几下钥匙，如果你曾经给钟表上过发条，你就能明白这事说起来其实并不简单。不过滴答人一开口就让多萝茜别担心，说这次上好发条至少能坚持二十四小时。

"上一次，发条上得有点松，"他说，"而且我又讲了那么多埃夫国国王的事，发条松得快也不稀奇。"

接着多萝茜又把具有行动功能的发条上紧，然后她听从比莉娜的劝告，把钥匙放进衣兜里装好，免得又不见了。

事情都办好以后，多萝茜说："下面请继续说说车轮人的事吧！"

"哦，他们没什么可怕的，"铜人说，"他们努力装出可怕的样子，其实只要拿出勇气跟他们战斗，他们谁都害不成。所以他们只会欺负像你这样柔弱的小女孩，要是给我一根棍子，保准打得这些坏蛋见了我就逃。"

"你有棍子吗？"多萝茜问。

"没有。"铜人说。

"周围都是石头，恐怕找不到棍子。"比莉娜说。

"那可怎么办啊！"多萝茜说。

"请把我的思考功能发条上好，我想想别的办法。"铜人说。

多萝茜赶紧按他说的做。在滴答人思考的时候，她们开始吃晚饭了。比莉娜在石缝中啄来啄去，多萝茜则坐下来打开了马口铁晚餐桶。

桶盖上有一只小罐，盛满了酸甜可口的柠檬汁，上面罩着一只杯子，取下来就可以倒柠檬汁。桶里有三片火鸡肉、一些龙虾沙拉、四片涂着黄

油的面包、一个牛奶果冻、一只橘子和九颗大草莓，还有一些葡萄干和坚
果。有趣的是，坚果熟得都裂开了，多萝茜很轻松地就取出了果仁。

食物这样丰盛，多萝茜请滴答人和比莉娜一起分享。滴答人拒绝了，
说他是个机器人，不用吃东西，比莉娜则不屑一顾地嘀咕了一句"破玩意
儿"，还说什么都比不上虫子和蚂蚁。

"车轮人是午餐盒树和晚餐桶的主人吗？"多萝茜边吃边问。

"当然不是，"滴答人说，"它们属于埃夫国王族，但是国王跳海了，王
后和他的儿女们被矮子精国王施了魔法，所以现在没有王族了，或许正是
因为这样，车轮人才认为他们成了树的主人，把午餐盒和晚餐桶据为己有。
但是从根本上说，王族才是这些树真正的主人，不信你可以看，每只晚餐
桶的桶底都有一个'埃'字，那是王族的标记。"

多萝茜把晚餐桶翻过来，发现滴答人说得没错，桶底的确有个
'埃'字。

"车轮人是埃夫国唯一的居民吗？"多萝茜问。

"不，他们只占领树林后面一块巴掌大的地方，"滴答人说，"但是他们

一向又——不——安——分又没礼貌，我的老——主——人——埃夫国国王经常带着鞭子出去，教训这些不懂规矩的坏家伙。第一次见到我时，他们就想碾死我，用头撞我，但是很快就发现制作我的材料特别坚固，他们根本拿我没办法。"

"你看上去的确很结实，"多萝茜说，"是谁把你造出来的呢？"

"是埃夫那城的铁匠和白铁匠，那里也是王——宫所在地。"滴答人回答。

"他们造出很多跟你一样的机器人吗？"多萝茜问。

"不是的，我是他们制造的唯一一台自——动——机——器——人，"滴答人说，"他们是非常杰出的发明家，我是说我的那两个制造者，他们干什么都很厉害。"

"这一点我十分相信，"多萝茜说，"他们现在还住在埃夫那城吗？"

"都不在了，"滴答人回答，"铁匠先生不仅是个发明家，还是一位艺——术——家，他画了一——条——河，跟真的一模一样，他想——到——对——岸画一些花，过河时不小心掉进水里，淹死了。"

"唉！太可惜了！"多萝茜感叹道。

"至于白——铁——匠——先生，"滴答人继续说，"他做了一个高得不能再高的梯子，可以直接架到月亮上，他本打算站在梯子的最高处摘星星，做王冠的装饰，可是等他到了月亮上面以后，发现那里美极了，所以决定在那里定居，并且把梯子拽了上去。打那以后，再也没人见过他。"

"这真是埃夫国无可弥补的损失啊！"多萝茜一边吃牛奶果冻一边说。

"没错，"滴答人十分赞成，"最糟糕的就是我，万一我出故障了，我根本想不到有谁能修理。我的制作工序太复杂，你绝对猜不出我全身有多少关节。"

"的确猜不出。"多萝茜随口说。

"眼下，我应该闭上嘴，"滴答人说，"继续——思——考——怎样才能从这山上逃走。"说完就背过身去，想不受打扰地好好想想。

"我认识的最了不起的思想家，"多萝茜对比莉娜说，"是个稻草人。"

"撒谎！"比莉娜毫不客气地说。

"没有撒谎，"多萝茜说，"我是在奥兹国遇到他的，他跟我一路同行，去厉害的奥兹魔法师那里要些脑子，因为他的脑子里塞的全是稻草。但是我觉得他没有得到脑子时就很聪明，跟得到脑子以后差不多。"

"你觉得我会相信你说的所有关于奥兹国的谎言吗？"比莉娜说，她显得有些不耐烦，大概是因为半天没有啄到虫子吧。

"什么谎言呀？"多萝茜一边问，一边吃着坚果和葡萄干。

"哎呀，就是你说的那些不着边际的话，什么会说话的动物、能砍柴的铁皮人、有智慧的稻草人。"

"他们都是真实存在的，"多萝茜说，"我亲眼看见过。"

"那不可能！"比莉娜高高地昂起头说。

"那是因为你没有见识。"多萝茜说，她对她朋友的态度感到十分生气。

"在奥兹国，"滴答人转过身来，"那些的确可能是真的，因为那是一个神奇的仙境。"

"你听见了吗，比莉娜？我说什么来着？"多萝茜高声喊着，又急切地问滴答人，"你也去过奥兹国吗？"

"没去过，我只听人提起过，"滴答人说，"因为它同埃夫国只隔了一片沙漠。"

多萝茜开心地鼓掌。

"我太开心了，"她说，"距离老朋友这么近，真令人激动。比莉娜，我跟你说的稻草人，就是奥兹国的国王。"

"真——抱——歉，他已经不是国王了。"滴答人说。

"我离开奥兹国时他还是。"多萝茜说。

"我知道，"滴答人说，"但是后来奥兹国发生了一次革命，一个名叫琴洁的女将军把稻草人赶下了台，再后来，一个名叫奥兹玛的小姑娘又把琴洁赶下了台。奥兹玛是王位的合法继续人，现在是奥兹国的女王。"

"这我倒是没听说过，"多萝茜沉思着说，"不过我想，我离开奥兹国之后肯定发生了很多事。我很惦记稻草人、铁皮人和胆小狮，不知道他们现在怎么样了。我也想知道奥兹玛是谁，因为以前并没有听说过她。"

然而滴答人没有理会她的问题，又背过身去思考问题了。

多萝茜把吃剩下的食物放回晚餐桶，怕白白浪费这些美味。比莉娜早就顾不上她的尊严了，开始一个劲儿地啄起食物掉在地上的碎末，尽管刚才面对多萝茜的邀请时，她还轻蔑地说那些食物是"破玩意儿"。

过一会儿，滴答人走到她们面前，动作僵硬地鞠了一躬。

"跟我走吧，"他说，"我将带你们离开这里，去埃夫那城，在那里，你们会倍感舒适。我一定会帮你们摆脱车轮人。"

"好极了，"多萝茜马上回答，"那我们这就出发吧！"

第六章

三威德尔的许多脑袋

他们不紧不慢地走在那条石间小路上，滴答人在前头带路，多萝茜跟在他身后，比莉娜迈着小碎步走在最后。

到了小路的尽头，滴答人弯下腰，轻而易举地掀开了拦路的大石头，然后回头对多萝茜说："把你的晚餐桶给我。"

多萝茜立刻把晚餐桶递给他，滴答人的铜手指紧紧地握住上面的把手。

接着，这支小小的队伍向平坦的沙滩上走去。

山下那三个盯梢的车轮人一看见他们，就放肆地叫喊，边喊边飞快地向他们滑过去，看样子是想拦住他们的去路把他们抓

住。然而当滑在最前头的车轮人靠近时，滴答人抢起那马口铁做的晚餐桶，用力朝他的头部砸过去，或许没打疼，但是声音很响亮，那个车轮人哀号一声，摔倒在地，一爬起来就溜走了，还不时发出惊慌失措的尖叫。

"我告诉过你们，他们是害不成人的。"滴答人说，但是他还没说完，另一个车轮人又滑到跟前了。啪！滴答人举起晚餐桶抢到他头上，打得他的草帽飞出去好几米——这就足以让他害怕了。果然，第二个车轮人也赶紧溜走了，第三个不等桶打到头上，就像他的同伴一样，拔腿就逃。

比莉娜兴奋得咕咕直叫，飞到滴答人肩膀上说："好样的，我的机器人朋友！办法也想得好！我们终于不用害怕这些丑家伙了！"

然而，说时迟、那时快，一大批车轮人从树林中蜂拥而出，想仗着人多取胜，疯狂地向滴答人滑过来。多萝茜把比莉娜抱起来，紧紧地搂在怀里，滴答人则用左手搂住多萝茜，保护着她。这时，车轮人已经滑到了他们面前。

嘭！嘭！嘭！哗啦啦！晚餐桶抢得虎虎生风，砸到车轮人头上、身上，发出嘭嘭的声音。与其说他们被打疼了，不如说他们被吓坏了，一个个抱头鼠窜、慌不择路。不大一会儿，除了首领之外，其他人全都逃到一边去了。那个首领是被别的车轮人绊倒的，四仰八叉地躺着，还没来得及翻过身、站起来，就被滴答人死死地卡住脖子，一动也不敢动。

"让你的手下走得远远的。"滴答人命令这个衣着华丽的敌人。

那首领不肯听话，滴答人就用力摇晃他，就像黄狗摇晃老鼠似的，摇得他的牙齿格格作响，发出的声音好比冰雹砸到了窗框上。于是，那坏蛋刚缓过一口气，就命令手下走开，那些人立刻跑得无影无踪。

"现在，"滴答人说，"你跟我们一道，我问什么，你就答什么。"

"你这样对我，以后可别后悔，"那家伙号叫着，"我的本事大得很。"

"说到这里，"滴答人说，"我要提醒你，我是一个机器人，不管发生什么事，都感受不到害怕或者伤心。但是如果你觉得自己很厉害或者很可怕，那就太愚蠢了。"

"为什么？"那坏蛋问。

"因为别人根本就没有把你当一回事，正是你的轮子让你谁——都——害——不——成。你没有拳头，什么都抓不着，连拉一下别人的头发都做不到。你也没有脚可以踢人，就只会尖叫，怎么可能伤到别人呢？"

那车轮人听得泪流满面，让多萝茜十分惊讶。

"现在，我和我的手下全完了！"他哽咽着说，"你发现了我们的秘密。因为没有本事，我们只能寄希望于装作很凶残的样子，还在沙滩写上'小心车轮人'，以使人们感到害怕。在此之前，所有人都被我们吓跑了，但是你现在知道了我们的弱点，我们的敌人就会来攻击我们，我们的不幸就要降临了！"

"啊！不会的！"多萝茜大声说，看到这个衣着华丽的车轮人这样难过，她十分同情，"滴答人和我，还有比莉娜，我们都会为你保密。不过你也要答应我们，如果小孩子来这里，你们不能再欺负他们。"

"我保证！真的，我保证！"那车轮人赌咒发誓地说，他停止了流泪，看上去有些高兴了，"请你们相信，我并不是真正的坏蛋，只是我们必须装成很凶残的样子，好让别人不敢来

袭击。"

"我并不完全相——信，"滴答人边说边走向林间小路，"你和你的手下最爱找麻烦，经常缠着那些被你们吓坏的人。而且你们又冲动又讨人厌，不过，只要你们努力改正这些错误，我就一定会为——你——们——保——密，不会告诉别人其实你们一点儿本事也没有。"

"我们保证会改，"车轮人热切地表示，"谢谢您的好心，滴答人先生！"

"我只是一个机器人，"滴答人说，"我不会感到开心或者伤心，也没有什么好心，发条让我干什么我就干什么。"

"发条有没有让你为我们保密？"车轮人焦急地问。

"有——只要你们改邪归正。现在告诉我，目前埃夫国的统治者是谁？"

"现在没有统治者，"车轮人回答，"已故的国王埃沃尔多的妻子和儿女都被矮子精国王囚禁了，现在埃沃尔多的侄女兰威德尔公主住在王宫，花销由国库负责，但是兰威德尔公主并不是实际的统治者，因为她不处理政事，不过她是埃夫国目前地位最接近统治者的人。"

"我忘记这个人了，"滴答人问，"她长什么样？"

"这我可说不好，"车轮人回答，"尽管我见过她二十次了，可是每次见到的都不是同一个人，她的臣民只能通过一把耀眼的红宝石钥匙辨别她，钥匙系在一根链子上，挂在兰威德尔公主的左手腕。谁见到系着这把钥匙的人，就知道见到的是公主。"

"真是不可思议，"多萝茜惊讶地问，"难道你的意思是，那些不同样子的公主其实是同一个人？"

"也不能完全肯定，"车轮人回答，"不过公主显然只有一个，虽然她总是以不同的样子出现在人们面前，但是每一种样子都十分美丽。"

"难道她是个女巫？"多萝茜惊呼。

"我倒是不这样想，"车轮人说，"尽管她一直很神秘。据说她非常爱慕虚荣，多数时间都待在一间墙上挂满镜子的房间，这样不管看向哪里，都能欣赏到自己的花容月貌。"

暂时没人接话了，因为此时他们已经走出树林，注意力全部集中在面

前的景观上了——一条美丽的峡谷，里面有大片的果园和肥沃的田野，到处都是精致的农舍，笔直平坦的道路四通八达。

在美丽的峡谷中央，距离这小小的队伍大概几百米的地方，王宫的尖顶高高耸立，在阳光的照射下金光闪闪。王宫四周是遍布鲜花和灌木丛的瑰丽花园，里面有几处淙淙的喷泉、几条幽静的小路，还有成排的白色大理石塑像。

在沿着道路渐渐靠近王宫的时候，他们并不能欣赏到所有的美丽景色。当这小小的队伍走进庭院，来到国王宫殿高高的门前时，多萝茜还在四处张望周围的一切。然而他们很快就失望地发现正门紧紧地关着，门上钉着一块牌子，牌子上写着一行字：主人不在，请敲左侧厅第三扇门。

"既然这样，"滴答人对他的俘虏车轮人说，"你带我们去左侧厅。"

"好的，"车轮人说，"我们向右走。"

"左侧厅为什么在右边？"多萝茜问，她怕车轮人欺骗他们。

"因为这里以前有三个侧厅，拆掉了两个，只剩下右边这个。这是兰威德尔公主为了防止来客打扰所想的办法。"

于是，他们跟着车轮人去了左侧厅。这时车轮人就没有用处了，滴答人就允许他回树林去找自己的手下，车轮人迅速滑走，很快就无影无踪了。

接着，滴答人一扇接一扇地数着左侧厅的门，找到第三扇时啪啪地敲了敲。

开门的是一个小个子女仆，头戴一顶装饰彩色飘带的帽子，礼貌地鞠躬问道："请问有什么事？"

"你就是兰威德尔公主吗？"多萝茜问。

"不，小姐，我是她的仆人。"女仆回答。

"我可以见见她吗？"多萝茜问。

"我去跟她说一声，问她能否接见你，"女仆说，"请进来，到客厅稍等一下。"

于是多萝茜进了门，滴答人跟在她身后，但是当最后面的比莉娜也想进去时，女仆大声喝道："走开！"还用围裙驱赶着她。

"该走开的是你！"比莉娜反驳道，生气地退后一步，全身羽毛竖起，"你不能好好说话吗？"

"啊？你会说话？"女仆吃惊地问。

"你没听见吗？"比莉娜更生气了，"拿开你的围裙，别堵着门，我要进去找我的朋友。"

"公主会不高兴的。"女仆有些犹豫。

"她高不高兴可跟我没关系！"比莉娜用力拍着翅膀，朝女仆的脸上飞过去，女仆赶紧低下头，比莉娜顺利飞到了多萝茜身边。

"只能这样了，"女仆叹着气说，"如果你们因为这只冲动鲁莽的黄母鸡惹怒了公主，可别怪我事先没有提醒过，要知道，公主发起火来可不是闹着玩儿的。"

"请进去通报吧，"多萝茜严肃地说，"比莉娜是我的朋友，我在哪里，她就应该在哪里。"

女仆不再说话，把他们带到了一间富丽堂皇的客厅，绚丽的彩虹透过彩色的窗户玻璃，把客厅照射得美丽又明亮。

"请在这里等着，"女仆说，"我怎样向公主通报呢？"

"我是来自堪萨斯的多萝茜·盖尔，"多萝茜回答，"这位绅士是我的机器人朋友滴答人，黄母鸡名叫比莉娜，也是我的好朋友。"

女仆鞠躬后退了出去，她穿过好几条走廊，登上两层大理石楼梯，才来到公主的起居室。

兰威德尔公主的起居室四面墙壁全都镶着镜子，连天花板都是镜子做的，地板则是明晃晃的白银铺成的，能照出地面的任何东西。当兰威德尔公主坐在安乐椅上，用曼陀林演奏出动人的乐曲时，她的影子在天花板、墙壁、地板上可以照出成百上千次，她的眼睛不管看向哪里，都能欣赏到自己的样子。这是她最大的乐趣。当女仆进去通报时，她正在喃喃自语："这只有着深褐色头发和浅褐色眼睛的头真的很美，我今后应该更多地戴戴它，尽管它并不是我所有的收藏中最出色的一个。"

"尊敬的公主殿下，有人来拜访您。"女仆深深地鞠躬说。

"是谁呀？"公主打着哈欠问。

"来自堪萨斯的多萝茜·盖尔，机器人绅士滴答人，黄母鸡比莉娜。"女仆回答。

"多么奇怪的姓名，"公主嘟囔着，似乎有些兴趣，"他们长得什么样？堪萨斯的多萝茜·盖尔美丽吗？"

"应该说是美丽的。"女仆回答。

"绅士滴答人英俊吗？"公主又问。

"这我就说不好了，殿下，"女仆说，"不过他看上去很聪明，仁慈的殿下愿意接见他们吗？"

"可以见一下，南达。不过我不能用现在这个脑袋，如果客人自以为很美丽，我就要当心，不能让她超过我。我得去密室换上十七号脑袋，我认为那是我最美丽的头颅。你觉得呢？"

"十七号的确非常美丽。"南达鞠躬回答。

兰威德尔又打着哈欠说："扶我起来吧！"

南达把她搀起来，尽管她看上去其实比南达更结实。只见她缓缓地穿过银地板走向密室，每走一步，南达的胳膊都狠狠地沉一下。

接下来你们即将知道，兰威德尔公主总共有三十个脑袋——像一个月的天数那么多。不过她一次只能用一个，因为她只有一个脖子。那些脑袋收藏在她口中的"密室"中，其实那是一个宽敞的化妆间，就在兰威德尔镶满镜子的起居室和卧室之间。每一个脑袋都单独存放在铺着丝绒的化妆橱中，橱上装着精雕细琢的门，门上嵌着黄金铸成的编码，门的另一面镶着装饰有珠宝的镜子——这些化妆橱占据了化妆间的四面墙。

清早，公主走下水晶床，就来到化妆间，打开一个化妆橱，把里面的脑袋取出来，照着门内的镜子装上。她尽量做得干净漂亮，然后再叫女仆给她穿上白天的衣服。她每天都穿一套款式简单的白衣服，与她全部的脑袋都相配。因为可以随心所欲地换脑袋，所以她不像其他只有一张脸的女士那样，热衷于穿款式不同的衣服。

公主的三十个脑袋样式各异，没有哪两个的样子是相同的，不过每一个都很漂亮。有长着金发的、褐发的、黑发的，没有一只是长着白发的。眼睛有蓝色的、灰色的、褐色的、黑色的，没有一只是红色的，所有的眼睛都清澈明亮。鼻子有罗马式的、希腊式的、东方式的、向上翘的，全是经典的形状。嘴巴的大小和形状也不尽相同，微笑时都露出皎洁的牙齿。再说酒窝，有的长在下巴上，有的长在脸颊上，哪里最好看就长在哪里。有一两张脸上还长着雀斑，用来更好地衬托肤色的光泽。

所有装着这些宝贝的化妆橱都可以用一把钥匙打开——那是一把用血红的红宝石雕刻而成的钥匙，公主把它牢牢系在一根结实的链子上，绕在自己的左手腕上。

南达扶着兰威德尔公主来到第十七号化妆橱前，公主用红宝石钥匙打开橱门，把本来使用的九号头摘下来递给南达，从橱子里取出十七号戴上。这个脑袋长的是黑色的头发和深褐色的眼睛，肤色如珍珠般白皙光洁，兰威德尔知道，自己戴上它十分美丽。

不过十七号也有一个缺点，戴上它，人的性格（可能藏在顺滑的黑发下）会非常暴躁、骄傲和严苛，总是使公主做出一些冲动的事情来，等换上其他脑袋时，她就会感到无比懊恼。

不过今天她没有想到这些，她只想到客人见到自己一定会惊叹于她的美丽。

然而令兰威德尔公主失望的是，客人只是一个穿着格子裙的小姑娘、一个上了发条才能动的机器人和一只黄母鸡，这母鸡正大模大样地趴在她最精致的针线筐里，里面有一只补袜子用的瓷蛋。

"哦！"兰威德尔把十七号的鼻子稍稍上翘说，"我以为是什么重要的客人呢。"

"你没想错，"多萝茜说，"我的确是个重要的人，而比莉娜生蛋时的咕咕声一定是你听过的最好听的声音，还有滴答人，他……"

"快闭嘴吧！快闭嘴吧！"公主下令说，她那明亮的双眼此时充满怒火，"你居然敢用这样乏味的话来打扰我？"

"什么？你这没有礼貌的家伙！"多萝茜说，她对别人这种傲慢的态度很难适应。

公主有些认真地看了她一会儿问："你有王族的血统吗？"

"我比那厉害！"多萝茜说，"我来自堪萨斯。"

公主鄙视地"呸"了一声："愚蠢的笨蛋，立刻离开这里去纠缠别人吧，我可没有时间被你打搅。"

多萝茜气得发疯，一下子无话可说，但是她刚从椅子上站起来要走时，一直仔细打量她的公主却叫住她，略微温和地说："你过来。"

多萝茜照她说的做了，心里丝毫不感到害怕，而兰威德尔公主又注视了她一会儿说："你并不漂亮，但算得上可爱，并且这种可爱不同于我三十个脑袋中的任何一个，所以我要用我的二十六号头换你的头。"

"不！你不能这么做！"多萝茜大喊。

"拒绝我可不是明智的选择，"公主说，"你必须明白，在埃夫国，我的命令就是法律。我本来就不太喜欢二十六号，所以你会发现它保存得很好。

并且从用处来看，它跟你现在的头也没什么区别。"

"我不知道什么二十六号，也不想知道！"多萝茜毫不动摇，"我不喜欢别人丢掉的东西，我只要我自己的头！"

"你不答应吗？"公主皱着眉大喊。

"我不可能答应！"多萝茜毫不示弱。

"很好！"兰威德尔说，"我要把你关进高塔中，直到你答应为止。"

接着，她转身命令南达："让军队进来。"

南达摇了一下银铃，一个穿着鲜艳的军服、又高又胖的上校来到客厅，身后跟着十个骨瘦如柴的士兵，士兵们个个无精打采，脸色阴沉地向公主敬礼。

"把她带到北塔关起来！"公主指着多萝茜下令。

"立刻执行！"胖上校一边回答，一边捉住了多萝茜的胳膊。

然而就在这时，滴答人抡起晚餐桶砸向上校的头，把这胖军官砸得嘭的一声坐到地上，看上去晕晕乎乎，又显得十分惊讶。

"救命！"胖军官大喊，十个瘦士兵赶紧跑过去帮他们的头头。

以后的几分钟里，现场十分混乱，滴答人打倒了七个士兵，他们都趴到地板上爬向各个方向，可是滴答人突然停止了动作，晚餐桶高高地举在空中，纹丝不动。

"行动功能的发条松了，"他向多萝茜大喊，"快给我上好！"

多萝茜想跑过去，但是胖军官已经挣扎着站起来了，他死死地抓住多萝茜，使她根本无法动弹。

"太糟糕了！"滴答人说，"我本来至少还能走六个小时，但是大概因为走了很远的路，又跟车轮人打了一仗，所以发条比平时走得快了好几倍。"

"是呀，真是太糟糕了！"多萝茜叹着气说。

"现在你愿意答应我了吗？"公主大声喝道。

"不愿意！不愿意！"多萝茜喊道。

"带下去关起来！"公主下了命令，士兵们就把多萝茜带到宫殿北面的一个高塔上锁了起来。接着，他们打算把滴答人抬起来，但是发现他实在太重了，根本抬不动，只好让他仍然站在客厅中央。

"人们只会以为这是我新铸的铜像，所以就让他在这里好了，南达会把他擦得锃亮的。"公主说。

"那只黄母鸡怎么处置呢？"胖军官发现比莉娜仍然趴在针线筐里，就这样问公主。

"把她撵进鸡窝里，哪天我心情好，就把她炖了当早餐。"公主回答。

"她的肉一定很老。"南达说。

"胡说八道！"比莉娜在胖军官的怀里死命地挣扎喊叫，"不过，据说只要是公主，吃了我这样的品种就会中毒。"

"那就别炖她了，"兰威德尔说，"留着她生蛋，如果她敢不生，就丢进马槽淹死。"

第七章

奥兹国女王前来搭救

晚餐时，南达给多萝茜送来了面包和水。夜里，多萝茜就睡在一张冰凉的石床上，床上只有一个枕头和一条床单。

清早，多萝茜从高塔的窗户探出头去，想看看能不能想办法逃走。同大都市的建筑相比，这高塔并不算高，但是远比树木和农舍高，足够让她看清周围的地形。

她向东看，看到了树林，树林后面是沙滩，接着是海洋，海岸上有个黑点，她觉得那就是让她漂到这个奇怪的国度来的鸡笼。

她再向北看，看到两座石山之间有一个细长的峡谷，这峡谷又被远处的第三座石山堵住。

往西看，肥沃的埃夫国国土在那边不远处就到了尽头，紧接着的是一望无际的大沙漠。她随即高兴地想到，沙漠的另一头一定是奥兹仙境。不过她又伤心地想起来，她听说过，除了她，没有人穿越过那片危机四伏的沙漠。龙卷风曾带她穿越过，银鞋又把她送回家。然而现在，既没有龙卷风也没有银鞋，她的处境实在太可怜。她被一个脾气暴躁的公主囚禁起来，公主非要用一只她不习惯的、或许根本不适合她的脑袋来交换她的脑袋。

眼下，她根本不能指望奥兹国的老朋友来救她。她忧愁地透过狭小的窗户向外看，整片沙漠没有一丝活气。

不过，等一下！沙漠上好像有什么东西在动，只是她刚才没有看到。这东西时而像一片云，时而像一个巨大的银色斑点，时而又像一大片彩虹，正飞速飘过来。

是什么呢？多萝茜想不出。

然而，不一会儿，它就越靠越近，能使多萝茜看清楚了。

一块巨大的绿色地毯正在沙漠中缓缓铺开，地毯上行进着一支奇怪的队列。多萝茜看着看着，诧异地睁大了眼睛。

首先迎面过来的是一辆威武的金色战车，拉车的是一头勇猛的狮子和一头健壮的老虎。他们并肩小跑，配合默契，动作娴熟得就像训练有素的纯种马。车上站着一个光彩照人的姑娘，身穿轻盈的银色罗裙，头戴装饰珠宝的王冠，她一手紧攥操纵狮子和老虎的缎带，另一只手紧握着象牙权杖，权杖顶部两股，上面用排列紧密的耀眼的钻石镶嵌着"奥""兹"两个字。

姑娘看上去并不比多萝茜年长，个子也不比她高，不过多萝茜立刻猜到这位美丽的驾车人一定是不久前滴答人口中所说过的奥兹国女王。

多萝茜发现，他的老朋友稻草人就跟在车后面，正稳稳当当地骑在一匹锯木马上，这锯木马无论跳跃还是奔跑都与有生命的马没有任何区别。

稻草人后面跟着铁皮人尼克·乔伯，他那漏斗形的帽子随意地歪在左耳上，肩上扛着银光闪闪的斧头，全身都散发出夺目的光彩，就像多萝茜

第一次见到他时那样。

铁皮人是步行着的，他是一支由二十七名士兵组成的方队的领队，这些士兵高的高、矮的矮、胖的胖、瘦的瘦，但是全都穿着款式和颜色各不相同的漂亮制服，每一个人的穿着都和另一个人完全不同。

随着队伍的不断行进，绿地毯也在队伍最后不断卷起，看来这地毯是刚好供队伍行走的，用来避免全部人马踩到死气沉沉、毫无生机的大沙漠中。

多萝茜又猜测，绿地毯一定是一条魔毯，想到自己很快就能得救并且再次见到念念不忘的奥兹国的老朋友——稻草人、铁皮人和胆小狮，多萝茜心中全是喜悦和感动。

多萝茜一认出队伍中的人马就认为自己能够得救，因为她相信她的老朋友的无畏和忠诚，也相信来自那个奇妙国度的任何人都将是值得信赖的好朋友。

等到队伍终于穿越沙漠，全体人马——从无比美丽的奥兹国女王到方队的士兵全部抵达埃夫国绿油油的草地以后，绿地毯立刻自动卷起，不知去向。

这时，女王命令队伍走向通往王宫的平坦车道，多萝茜则仍然兴奋地从高塔的窗口向外眺望着。

队伍停在王宫的正门前，稻草人从锯木马上下来，走近门上钉着的牌子，想看看上面写着什么。

多萝茜就在他上面，再也不能保持冷静了。

"我在这里！"她扯着嗓子高呼，"快来救我！我是多萝茜！"

"哪个多萝茜？"稻草人问，他尽量抬头往上看，眼见就要失去平衡，摔倒在地。

"当然是来自堪萨斯的多萝茜·盖尔！"多萝茜又喊道。

"是你啊，多萝茜，你好啊！"稻草人问，"你为什么要跑到那么高的地方去？"

"不是我自己跑来的，救救我！我的老朋友！"多萝茜喊着。

"你看上去并没有危险啊！"稻草人说。

"可我是被关起来的，出不去。"多萝茜说。

"那不要紧，"稻草人说，"想想看，你的遭遇可能会更惨呢，至少现在既不会被淹死，也不会被车轮人判死刑，更不会从苹果树上跌下去。说不定有人还觉得你很走运呢！"

"哎！我可不这么想，"多萝茜说，"我想立刻下去找你和铁皮人，还有胆小狮！"

"那也行，"稻草人同意了，"听你的，我的朋友。谁把你关起来的？"

"是兰威德尔公主。她是个很过分的家伙！"

这时，一直在车上认真听他们说话的奥兹玛高声问道："公主为什么这样对你，亲爱的？"

"因为我不肯用我的头交换她的什么二十六号头！"多萝茜回答。

"你不答应是对的，"奥兹玛立刻说，"我现在就去见兰威德尔公主，要求她立刻放你出来。"

"哦！万分感谢您！"多萝茜喊道。她一听见这位奥兹国女王动听的声音，就知道自己很容易对她产生好感。

接下来，奥兹玛乘着战车到达左侧厅的第三扇门，由铁皮人自告奋勇地去敲门。

女仆南达一打开门，奥兹玛就走下战车，手持象牙权杖踏入门厅，走向客厅，除了狮子和老虎，其余人马都跟在她身后。二十七名士兵又喊又叫乱成一片，吓得南达尖叫着跑去报告兰威德尔公主。公主听说有人胆敢这样粗鲁地闯入王宫，怒气冲冲、只身一人就跑去客厅，身边没带一个随从。

她冲着清瘦柔弱的奥兹玛公主大喊："立刻滚出我的宫殿！未经允许闯到这里，就不怕我命令军队把你和你的仆人绑起来、关进地牢吗？"

"这位女士的心地可真坏。"稻草人小声嘟嚷着。

"看起来精神也不大正常。"铁皮人接着说。

然而，奥兹玛却微笑着对一点儿也不友善的公主说："请坐，我不远万里来探望你，你必须跟我谈一谈。"

"必须？！"公主尖叫着，一双黑色的眼睛射出愤怒的光芒——此刻她仍然在用十七号头，"胆敢要求我'必须'？"

"有什么不可以呢？"奥兹玛说，"我是奥兹国的女王，我的力量足以毁掉整个埃夫国，只要我愿意。当然，我来这里不是为了这样做，我的目的是拯救埃夫国王族，把他们从矮子精国救出来——听说王后和她的子女都被囚禁了。"

兰威德尔公主听到这里，怒火突然平息了。

"但愿你能救出我的姊姊和她的五个王子、五个公主，"她着急地说，"要是他们解除了魔法回到这里，就能治理国家了，也能免去我的很多烦恼。现在，治理国家每天至少要浪费我十分钟的时间，而我更希望把全部时间都用来欣赏我美丽的头颅。"

"那我们现在就商量这件事，"奥兹玛说，"想办法把你的姊姊和她的子女救出来。不过，你必须先答应我一件事——马上释放被你关在高塔中的那个小姑娘。"

"没问题，"兰威德尔答应得很痛快，"我差点把她给忘了，她是昨天被关起来的，你应该明白，谁都不能要求一位公主记住昨天做了什么。来吧！跟我一起放了那个囚犯。"

于是奥兹玛跟她一起沿着楼梯去了高塔，其余人留在客厅等候。

稻草人斜靠在滴答人身上，还以为那不过是一尊铜像。谁知道一个沙哑的声音突然传进他的耳中："请把你的脚移开好吗？你把我光滑的身子都——弄——脏——了。"

"啊？"稻草人赶紧站直，问他，"你是活的吗？"

"不是，"滴答人回答，"我是个机器人。不过我有智慧，能说话、能走路，只要上好发条就行。现在我具有行动功能的发条松了，钥匙在多萝茜手里。"

"放心，"稻草人说，"多萝茜马上就被放出来了，到时候她就会过来给你上发条。不过，没有生命肯定是一件伤心事，我也为你感到遗憾。"

"为什么？"滴答人问。

"因为你没有脑子，我有。"稻草人说。

"我也有！"滴答人说，"我的脑子是——史密斯·廷克公司——改装过的钢脑，让我产生——智慧的就是它，你的脑子是什么材料的？"

"不知道，"稻草人老实地说，"我的脑子是伟大的奥兹魔法师装的，在他装上之前，我没有机会看看那是什么材料做的。不过这脑子很好使，我的良心也很有活力，你有良心吗？"

"没有。"滴答人回答。

"你大概连心都没有吧！"铁皮人插嘴说，他一直很感兴趣地听着他们的对话。

"没有。"滴答人回答。

　　"这样的话，"铁皮人接着说，"我可以很遗憾地告诉你，你比我和我的朋友稻草人都要低等。因为我们两个至少都有生命，他有脑子并且不用上发条，我则有一颗健康的心脏，在我胸中怦怦直跳。"

　　"恭喜——你们，"滴答人说，"我怎么能不比你们——低等呢？我只——不——过是个机器人，哪怕上紧发条，也只能做——机器能做的事。你们肯定猜——不——出我全身上下有多少个零件。"

　　"可以想象，"稻草人边说边稀奇地打量滴答人，"总有一天我要把你拆开，看看你是怎样组装的。"

　　"拜托你，千万别那样做，"滴答人恳求道，"因为你不能把我重新组装好，那么我就成了一堆——废——物。"

　　"这样说来，你不是废物吗？"稻草人很惊讶。

　　"当——然——不——是。"滴答人说。

　　"既然这样，"稻草人表示了他的同情，"我一定不会乱动你的零件，因为我对机械一无所知，肯定会把你弄坏。"

　　"万分感谢！"滴答人说。

　　这时，奥兹玛牵着多萝茜的手重新回到客厅，兰威德尔公主跟在后面。

第八章

饥饿的老虎

多萝茜首先给了稻草人一个大大的拥抱，稻草人也用他那填满稻草的怀抱紧紧地抱住多萝茜，他那涂着色彩的脸上充满欣喜。接下来，铁皮人也拥抱了多萝茜——小心翼翼地，因为他知道，如果使劲去抱，铁皮做的身体会伤到她的。

跟老朋友都打过招呼后，多萝茜从衣兜里拿出了给滴答人上发条的钥匙，为他上好行动发条，以便把他介绍给大家时，他可以鞠躬致意。多萝茜一边上发条，一边向朋友们介绍说滴答人是她的好助手。为此，稻草人和铁皮人一再跟滴答人握手，感谢他照顾他们的好朋友。

接着，多萝茜问："比莉娜在哪里？"

"没看见，"稻草人问，"谁是比莉娜？"

"是一只黄母鸡，也是我的好朋友，"多萝茜有些心急地说，"不知道她怎么样了。"

"在后院的鸡窝里，"兰威德尔公主说，"我的客厅可容不得一只黄母鸡跑来跑去。"

她还没说完，多萝茜就飞奔着跑去后院。刚出门厅，就看见了胆小狮。他跟一只大老虎一起拴在车上。胆小狮两耳之间的长毛上系着一个蓝缎带大蝴蝶结，老虎毛茸茸的尾巴尖上则绑着一个红缎带大蝴蝶结。

多萝茜开心得跳了起来，张开双臂拥抱胆小狮。

"见到你太开心了！"她喊道。

"我也是，我也开心极了，多萝茜，"胆小狮说，"我们一起冒险的经历太美好了，你说呢？"

"那是当然，"多萝茜问，"你好吗？"

"胆子还是很小，"胆小狮小声说，"总是为一些小事胆战心惊。现在，我给你介绍一个新朋友吧，他叫饿虎。"

"啊？"多萝茜看向身边的大老虎，"你饿吗？"

老虎正大张着惊人的大嘴巴打哈欠，露出两排锋利的牙齿。

"非常饿！"他边回答边合上了上下颚，牙齿咬得咯咯作响。

"你可以吃点东西啊！"多萝茜说。

"毫无用处，"老虎愁闷地说，"我试过，但从来都是吃了就饿，饿得极快。"

"哎，我也是，"多萝茜说，"不过我还是一直吃东西。"

"你吃的都是些无关紧要的东西，所以无所谓，"老虎说，"我就不一样了，我是猛兽，天生喜欢吃各种可怜的小动物，不管是金花鼠还是白净的小婴儿。"

"真恐怖！"多萝茜说。

"就是啊，唉！"老虎用他那猩红的舌头舔了舔嘴唇说，"白白胖胖的小婴儿，听上去就很美味，但是我一次也没吃过，因为我的良心告诉我不能吃。要是我没有良心，也许就会吃了，但是吃完之后不久还是会饿，如此一来，我害死了一个无辜的婴儿，自己也一无所获。所以我选择饿着来到这个世界，最后也饿着离开，最起码不会为了做了伤天害理的事而使良心受到煎熬。"

"我觉得你是一只好老虎。"多萝茜说着，用手拍了拍这老虎巨大的脑袋。

"这你可错了，"老虎说，"也许我是一头善良的野兽，但却是一只不称职的老虎，因为残暴和凶狠才是老虎的本性。我不吃那些可怜的动物，这不是一只称职的老虎的行为。所以我离开森林，来和我的朋友胆小狮做伴。"

"可是胆小狮实际上胆子并不小，"多萝茜说，"我见过他的英勇行为！"

"亲爱的，这是你的误解，"胆小狮忧郁地反驳着，"在别人看来，我或许很威风，但是一遇到危险，我心里其实很害怕。"

"谁不是呢？"多萝茜诚恳地说，"不过我现在先去救比莉娜，晚一点再来找你们。"

她跑到后院，一阵母鸡的尖叫声、公鸡的啼叫声和小鸡的吵闹声传来，使她轻易找到了鸡窝。

鸡窝里似乎不大太平。多萝茜透过栅栏的缝隙看进去，看见一群母鸡和公鸡挤在一处，盯着一团球一样的羽毛。这个球正在鸡窝里又滚又跳。多萝茜看不出那是个什么东西，震耳欲聋的鸡叫声简直让她的视线都模糊了。

突然，那球停止了动作。多萝茜惊呆了，她看见一只花公鸡趴在地上，而比莉娜就蹲在花公鸡的身上。两只鸡僵持了一会儿，然后比莉娜抖了抖翅膀，从花公鸡身上跳下来，昂首阔步、神气活现地发出胜利的咕咕声。而那只花公鸡则跌跌撞撞地向其他鸡走去，杂乱不堪的羽毛使他显得更加狼狈。

"天哪，比莉娜！"多萝茜仍然很吃惊，"你居然打架？"

"有什么可奇怪的，"比莉娜说，"只要我还能啄能抓，我会让那只可恨的花公鸡在鸡窝里作威作福、任意欺负我吗？除非我不叫比尔。"

"什么比尔，是比莉娜，看你说话粗声大嗓，真是失礼。"多萝茜责怪道，"快过来，我给你开门，奥兹国的女王来了，她救了我们。"

于是，比莉娜走向门口，多萝茜打开门让她出来，其他鸡全都在角落里沉默地注视着，一动也不敢动。

多萝茜抱起比莉娜，大声说："哎！你看上去狼狈极了，掉了不少毛，一只眼睛险些被啄出来，鸡冠上还淌着血。"

"这算什么，"比莉娜说，"你看看那只花公鸡，现在是不是服服帖帖？"

多萝茜摇摇头，"我不支持你这么做，"她一边说，一边抱着比莉娜走出后院，"跟那些普通的鸡打交道对你没好处，很快你就会失去风度，也不再会得到尊重。"

"我没有要跟他们打交道，"比莉娜说，"罪魁祸首是那个暴脾气的老公主，但是我来自美国，只要我还有一只爪子能动，我就不能让埃夫国的任何一只鸡欺负我，在我面前耀武扬威。"

"好了，比莉娜，"多萝茜说，"我们别再提这件事了。"

不一会儿她们走到了饿虎和胆小狮身边，多萝茜把比莉娜介绍给他们。

"只要是多萝茜的朋友，我都喜欢，"胆小狮友好地说，"不过看你的样子，可不像我这样胆小。"

"看到你，我的口水直淌，"老虎两眼放光地看着比莉娜，"唉！要是能把你吞进嘴里狼吞虎咽，那该是多么美好的事啊！不过你别害怕，你只能缓解我一点点的馋劲，所以并不值得我吃。"

"谢谢！"比莉娜一边说，一边往多萝茜的怀里钻。

"而且，这样做也是错误的。"老虎继续说，可是仍然盯着比莉娜，牙齿咬得咯咯响。

"没错，"多萝茜连忙大声说，"比莉娜是我的好朋友，无论发生任何事，你都不许吃她。"

"我尽量吧，"老虎说，"不过就怕有时候管不住自己。"

　　然后多萝茜就和比莉娜回到了王宫的客厅，滴答人已经在奥兹玛的邀请下，坐到了稻草人和铁皮人中间，他们对面坐着奥兹玛和兰威德尔公主，她们在身边为多萝茜留了一个空位。

　　奥兹国的二十七人军队在四周整齐地排列着，多萝茜看着他们款式别致的制服问："他们都是军官吗？"

　　"差不多吧，除了一个人。我的军队里有八位将军、六位上校、七位少校和五位上尉，仅有一名士兵供他们差遣。我有心提拔这个士兵，因为我觉得我们的社会中不应该有士兵，我还发现军官作战普遍比士兵勇猛，也更加忠诚。再说，军官看上去更威风，能为我们的军队助威。"

　　"你的看法是对的。"多萝茜边说边坐到奥兹玛身边。

　　"现在，"奥兹国这位稚气未脱的女王郑重宣布，"我们即将召开一个会议，商议一个恰当的办法，把长期遭到囚禁的埃夫国王族从矮子精国拯救出来。"

第九章

俘虏国王族

铁皮人第一个要求发言。

"首先，"他说，"我们伟大而高贵的奥兹国女王，听闻埃夫国前国王埃沃尔多的王后和她的五个儿子、五个女儿被矮子精国王施了魔法关了起来，而埃夫国所有人对他们的遭遇无能为力，所以我们的奥兹国女王自愿冒险去拯救这些可怜人。然而，很长时间里，她都想不出穿越两国之间的大沙漠的方法，最后她去拜访了我们国家一位好心的女巫格琳达。格琳达听说这件事以后，赠送给女王一块神奇的魔毯，这魔毯会一直在我们的脚下延伸，为我们铺开一条穿越沙漠的安全通道。美丽慈悲的奥兹国女王收到这份礼物后，命令我立刻集合军队。我当然服从命令，你们眼前这些威武的士

兵就是从奥兹国军营中选拔出来的。假如我们无法避免与矮子精国王的一场大战，那么这里的每一个军官都会像士兵一样，奋战到底。"

接下来，滴答人要求发言。

"你们有什么理由攻打矮子精国王？"他问，"他犯了什么错？"

"什么错？"多萝茜大声说，"难道他把王后和十个王子、公主囚禁起来是对的吗？"

"他们是艾——沃——尔——多国王卖给矮子精国王的，"滴答人说，"犯错的是艾——沃——尔——多，当他认识到自己的错误之后，就跳——海——自尽了。"

"我倒是头一次听说这件事，"奥兹玛若有所思地说，"我原本一直以为矮子精国王是罪魁祸首。不过，无论如何，他不该囚禁王后和她的子女。"

"我叔叔埃沃尔多罪大恶极，"兰威德尔公主说，"尽管他在良心发现以后跳海自杀，也没人会同情他，何况他卖掉自己的妻子和儿女是为了跟矮子精国王换取长生不老。"

"既然他自杀了，说明他并没有长生不老，"奥兹玛说，"那么矮子精国王更应该释放王后和她的孩子，他们被关在什么地方？"

"谁都没有可靠消息，"兰威德尔公主说，"矮子精国王名叫拉格多，在王国北部的大山下拥有一座豪华的地下宫殿，他把王后和十个王子、公主变成了装饰品和古董，用来装饰宫殿。"

"我很想知道，"多萝茜说，"这个拉格多有什么来历。"

"我倒是知道一些，"奥兹玛说，"据说拉格多是地下王国的统治者，掌管石山和石山里面的一切，手下有好几千矮子精，都是些长得奇形怪状而又力大无穷的妖精。他们整天围着熔炉劳作，为拉格多提炼黄金、白银等所有金属，然后再把这些金属藏在石缝里，让地面上的人很不容易找到。他们也制造钻石、玛瑙和翡翠，同样藏在地下，所以拉格多实际上是个大富翁，我们大家所拥有的宝石和金银都是从他的仓库——地下得来的。"

"明白了。"多萝茜机灵地点点头。

"因为我们经常从他的仓库偷东西，"奥兹玛继续说，"所以拉格多对地

面上的人没有好感，也从来不到地面上来。如果我们想见这位岩石之王，就必须到地下去，但是那是他的地盘，我们要去的话将会非常危险。"

"可是为了可怜的王后和她的孩子们，"多萝茜说，"我们必须冒险。"

"的确该去，"稻草人说，"虽然我必须壮着胆子才敢靠近矮子精国的熔炉，因为我是稻草填充的，一丁点火星就会让我能熊燃烧。"

"熔炉也会熔化我的铁皮，"铁皮人说，"不过我还是要去。"

"我可受不了那个，"兰威德尔公主懒洋洋地打着哈欠说，"所以我将留在王宫，不过我希望你们的行动一帆风顺，因为处理国事简直无聊透顶，我需要更多的时间欣赏我那些漂亮的头颅。"

"我们也用不着你，"奥兹玛说，"如果我的英勇的军队都无法取得胜利，那么你就算去了，也帮不上忙。"

"没错，"公主叹气说，"所以你们请便吧，我现在要到密室去了，我的十七号脑袋已经用了很长时间，得换一换。"

她出去以后（放心，不会有人因她的离开而不舍），奥兹玛问滴答人："你愿意跟我们一起走吗？"

"我的主人是多——萝——茜，她是我的救——命——恩——人，"滴答人答道，"她去——我就去，她不去，我——也不去。"

"我当然跟我的朋友们一起，"多萝茜立刻表态，"不管怎样，我都不能错过任何一段好玩儿的经历。你去吗，比莉娜？"

"去就去吧。"比莉娜随意地说，她正在打理身上的羽毛，有些心不在焉。

"她正需要高温呢，"稻草人开玩笑说，"要是能好好烤一下，她可就太棒了。"

"既然这样，"奥兹玛说，"我们明天一早就出发去矮子精国，现在先打点行装，好好休息一下。"

虽然兰威德尔公主没有再出现，但是王宫的仆人们仍然对这些奥兹国的贵客毕恭毕敬，全心全意地伺候着他们，努力让大家都满意。王宫里有很多空房间可供大家休息，而那二十七人组成的军队也尽情享用了一顿丰

盛的晚餐。

胆小狮和饿虎也被批准从车上离开，可以随便在王宫走走。他们差点把所有仆人都吓晕，尽管他们没有伤害任何人的意图。

后来，多萝茜发现女仆南达躲到一个角落里哆哆嗦嗦，而饿虎就站在她身前。

"你的样子真是鲜美，"饿虎说，"你能不能做件好事，让我吃了你？"

"别！别！别！"南达惊声尖叫。

"那么，"饿虎张开血盆大口说，"我要三十磅半熟的嫩牛排，还有一品脱①熟土豆和五加仑②冰淇淋。"

"我马上就去准备。"南达说完就跑得不见踪影。

"你吃得下那么多吗？"多萝茜好奇地问。

"你根本不能想象我的胃口有多大，"老虎难过地说，"它仿佛成了我身体的全部，从嘴巴一直到尾巴尖。我非常清楚，我的食欲跟我的身体根本不匹配。它大得惊人，如果让我见到一位牙医，我一定会让他用钳子拔掉它。"

"拔什么呢？拔牙吗？"多萝茜问。

"不，拔掉我的食欲。"老虎说。

当天下午的大多数时间，多萝茜都和稻草人、铁皮人在一起聊天。他们跟多萝茜讲了她离开奥兹国之后发生的所有事。多萝茜最想听的是奥兹玛的故事：奥兹玛小时候曾经被一个坏女巫掳走，还被施魔法变成一个男孩，直到一位好心肠的女巫把她变回来，她才知道自己原来是个女孩。后来大家知道了，她是奥兹国前国王唯一的女儿，也是王位唯一的合法继承人。然而，奥兹玛公主在继承王位之前受尽了千辛万苦，当时她身边只有一个南瓜人、一只被放大很多倍又受过良好教育的环状甲虫和一只因为被施了魔法而拥有了生命的锯木马。稻草人和铁皮人也帮助过她。不过统治整片森林的胆小狮作为百兽之王那时却不认识她，直到奥兹玛登上女王的

---

① 品脱，英美制容量单位。

② 加仑，英美制容量单位。

宝座，他才跋山涉水去翡翠城朝见她，听说她要到埃夫国拯救埃夫国王族，他便自告奋勇地跟来，还推荐了自己的朋友饿虎。

听完这些以后，多萝茜把自己这一路的经历也告诉了他们，然后跟他们一起去找锯木马。奥兹玛为锯木马穿上了金马蹄，这样他的脚就不会磨破了。

他们找到锯木马时，他正一动不动地守在花园的大门旁。但是听完多萝茜的自我介绍后，他很友好地点了点头、眨了眨眼，还摇了摇尾巴。尽管他的眼睛其实是木疤，而尾巴其实是一截树枝。

"他是有生命的，太有趣了！"多萝茜说。

"我也这么想，"锯木马说，他的声音有些沙哑，但是并不难听，"大家心里都在想，像我这样的东西没有存在的必要，但是魔法让我有了生命，我能怎么办呢？"

"这有什么可自责的，"多萝茜说，"而且你很有价值，因为我见过你驮着稻草人。"

"哦，是的，我是有价值的，"锯木马说，"我永远都不会累，也不会饿，更不需要任何照顾。"

"你有智慧吗？"多萝茜问。

"几乎没有，"锯木马说，"让一匹普通的锯木马拥有智慧可不是什么聪明事。做教授才需要智慧呢，我只会听主人的话，让跑就跑、让停就停，这样我就别无所求了。"

当晚，多萝茜被安排在一间舒适的卧室中，奥兹玛公主就睡在她隔壁。比莉娜睡在床栏上，头缩在翅膀里面，就像多萝茜枕着松软的枕头睡觉一样。

天刚蒙蒙亮，大家就起床了。这些冒险家在王宫的餐厅中仓促地吃了一顿早饭。奥兹玛坐在雕有花纹的长桌的上位，多萝茜坐在她右边，左边是稻草人。稻草人自然不用吃早饭，奥兹玛让他坐得近一点是为了能在吃饭时问他一些关于路上的问题。

长桌的下首坐着奥兹国的二十七名士兵，胆小狮和饿虎在餐厅的另一端，就着地上的一口铁锅吃饭，比莉娜则来来回回地走动着，不放过任何掉在地面上的碎屑。

　　早餐很快就吃完了，胆小狮和饿虎又被套在车上，奥兹玛带领队伍朝矮子精国出发了。她乘坐金色大车带队，多萝茜抱着比莉娜站在她身边。稻草人骑着锯木马跟在后面，再后面就是肩并肩大步走的铁皮人和滴答人。军队跟在最后面，所有军人都穿着精致的制服，使队伍显得整齐而威武。将军们向上校传达命令，上校向少校传达命令，少校向上尉传达命令，上尉向士兵传达命令，那唯一的士兵的表情自豪而傲慢，因为命令是经过那么多军官传递给他的。

　　就这样，天才亮，这支雄壮的队伍就离开了埃夫国王宫，踏上了征程。等到太阳出来的时候，他们已经走了很远了。

第十章

手持铁锤的巨人

　　奥兹玛带领队伍马不停蹄地穿过一片风景秀丽的田园，接着进入一片生机勃勃、可供游客野餐的小树林。突然，比莉娜出人意料地用命令的语气大喊：

　　"停！停！"

　　奥兹玛猛地停下车子，稻草人乘坐的锯木马差点撞上车子，后面的人也因此你撞我、我撞你，好不容易才站稳。比莉娜急忙从多萝茜的怀抱挣脱，飞进路边的树丛里。

　　"出了什么事？"铁皮人担心地大喊。

　　"没什么，比莉娜要生蛋了。"多萝茜回答。

　　"生蛋？"铁皮人吃惊地问。

　　"没错，"多萝茜说，"她每天早晨都得生蛋，大概就是这个时间，蛋很新鲜。"

"那只又傻又笨的黄母鸡该不会以为这支任务重大的队伍会停在这里等她生蛋吧？"铁皮人郑重地说。

"否则能怎么样呢？"多萝茜说，"这是黄母鸡的习惯，是无法改变的。"

"那她必须迅速生完！"铁皮人焦躁地说。

"不行！不行！"稻草人嚷嚷着，"太快了生下的就是炒蛋了。"

"真是胡言乱语，"多萝茜说，"不过请放心，比莉娜不会耽误太长时间。"

于是大家都停下来等着，虽然他们都很心急，想尽快赶路。没多久，比莉娜钻出树丛，嘴里叫着：

"咕——咕——咕！咕——咕——咕！咕——咕——咕！"

"这是干什么？"稻草人问，"为自己生蛋而歌唱吗？"

"出——发——"铁皮人挥舞着斧头下令。

多萝茜再次把比莉娜抱在怀里，队伍就出发了。

"没人把我的蛋拿回来吗？"比莉娜无比激动地叫喊。

"这就去。"稻草人说，他一声令下，锯木马就载着他起身跃进了树丛。稻草人不费力气地找到了鸡蛋，装进了自己的口袋里。但是大部队前进的速度很快，已经把他们落得很远。不过锯木马很快就追了上去，稻草人马上就回到了自己原来的位置上。

"怎么处理这个鸡蛋？"稻草人问多萝茜。

"不知道，"多萝茜摇摇头，"或许可以送给饿虎。"

"这还不够我塞牙缝，"饿虎说，"三四十个煮熟的鸡蛋或许能让我稍稍解解馋，但是一只没有任何作用，这我很清楚。"

"没错，它甚至不够做一块松糕，"稻草人思索着说，"铁皮人大概能把它举在斧头上孵小鸡，不过我也可以自己留着做个纪念。"说着又把鸡蛋装进衣袋里。

这时他们已经到了多萝茜从高塔的窗户中看见的两座高山中间的那个山谷了，远处的第三座大山截住了山谷，是埃夫国的北方边界。相传矮子精国的王宫就在第三座山的山底下，到达那里还需要一点时间。

道路开始变得坎坷难行，车轮费力地滚动着，没多久，队伍面前出现了难以跨越的万丈深渊。于是奥兹玛从衣兜里拿出一小块绿手帕，扔到地上。绿手帕立刻变成魔毯延伸出很远，足够让整支队伍都走上去。接下来，车子不断向前走，魔毯就在车前不断延伸，把深渊遮得严严实实，同深渊两侧连成一片，让队伍得以顺利通过。

"这次容易过关，"稻草人说，"不知道接下来还会发生什么？"

没多久他就知道了，因为两座山越靠越近，近得最后只剩下一条狭窄的小路，队伍只能排成单行前进。

这时，大家突然听到"咚——咚——咚"的沉闷的声音，在整个山谷中回响，队伍越往前，回音越大。不久，队伍绕过一块岩石，发现面前有一个魁梧的巨人，拦在小路正中央，身高超过了一百英尺①。那巨人是用铁皮铸成的，两条腿分别迈在道路两侧，两只手将一只巨大的铁锤挥到了右肩上方。它就是用这只大铁锤把地面敲打得咚咚直响，锤子比铁桶还要大好几倍，当它落下来敲到小路上时，就把队伍的必经之路堵得严严实实。

在离那吓人的铁锤还有一段距离时，队伍停止了前进。遇到这种事，魔毯就起不到作用了。因为它只能帮大家应对脚下的危机，而无法帮他们对付头顶上的状况。

"哎哟！"胆小狮颤抖着说，"看到那大铁锤敲打的地方离我的脑袋这么近，我害怕死了。看样子一下子就能把我敲扁，敲成门前的擦鞋垫。"

"这家伙看上去很精神，"滴答人说，"它干起活来像大钟一样稳当，是我的制作者——铁匠和白铁匠为矮子精国王铸造的，它的职责是阻止人们找到地——下——宫——殿。真是一件伟大的艺术品！"

"它能像你一样思考和说话吗？"奥兹玛问，她用诧异的目光观察着这个巨人。

"不能，"滴答人回答，"它的任务就是砸路，没有思考和说话的附带功能。不过我觉得它砸得很棒。"

"的确很棒，"稻草人说，"砸得我们都不能前进了，难道就没有办法让

---

① 英美制长度单位。1英尺约为0.3米。

它别砸了吗？"

"这一点，"滴答人说，"只有矮子精国王能办到，因为他有钥匙。"

"那么，"多萝茜担心地说，"我们怎么过去呢？"

"给我点时间，"稻草人说，"让我好好想想。"

他说完就后退了几步，那张画出来的脸朝向石壁，开始冥思苦想。

此时，巨人又高高地举起铁锤，使劲儿砸在地面上，回声仿佛炮声轰鸣，响彻云霄。但是，每当锤子高高举起时，巨人脚下的小路就会有一会儿是通畅的，稻草人发现了这一点，对大家说：

"办法很简单，我们在锤子举起时挨个儿跑到对面去——千万别等锤子落下来。"

"想不被锤子砸到，必须跑得飞快，"铁皮人说，"但是，这似乎是唯一的办法。谁第一个试一试？"

大家你看我、我看你，犹豫了好半天，然后胆小狮哆嗦得像风中落叶一样说：

"本来，队伍打头的是我，应该先走，但我实在是太害怕了。"

"那该怎么办呢？"奥兹玛说，"就算你自己能从锤子下面冲过去，车子也一定会被砸扁。"

"车子必须留在这里，"稻草人说，"不过你和多萝茜可以骑在胆小狮和饿虎的背上。"

最后就这样决定了。胆小狮刚从车上解下来，奥兹玛就骑到他背上，说自己已经做好了准备。

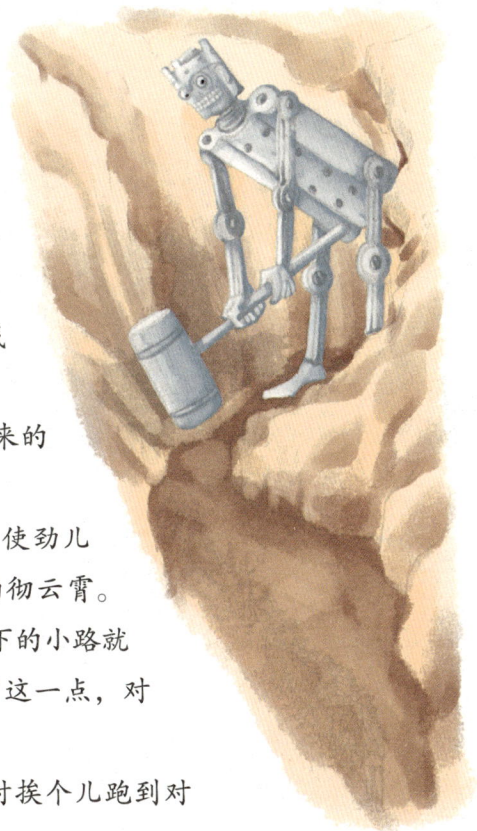

"紧紧抓住他的鬃毛，"多萝茜建议，"我以前骑他的时候就是这么做的。"

奥兹玛照她说的做了，胆小狮蹲在路中间，眼睛一眨不眨地注视着那上下起落的铁锤，等待冲过去的最好时机。

不一会儿，在别人想不到他已经准备好的时候，他突然朝巨人的双腿中间跃了过去，没等锤子再次落地，就安全到达了对面。

第二个过去的是饿虎。多萝茜骑在他背上，把他有斑纹的脖子搂得紧紧的，因为他身上没有鬃毛可抓。他像离弦的箭一样，猛地向前一跃，多萝茜还没有反应过来时，就已经安全站在了奥兹玛身边。

接下来是骑着锯木马的稻草人，他们平安到达对面时，险些被落下的铁锤砸到。

滴答人径直走到铁锤的落地处，等锤子抡起来的时候，他稳稳当当地向前走几步，就躲开了落下的锤子。这种办法很值得铁皮人学习，所以他也平安到达了对面。但是轮到二十六名军官和一名士兵时，他们的腿全都软得一步也迈不开。

"我们在战场上都很勇猛，"一名将军说，"敌人都害怕我们。可打仗是一回事，眼下这情况又是另外一回事。铁锤悬在头顶，有被砸成薄饼的危险，我们肯定不能干。"

"快点！"稻草人催促着。

"我们的腿都在打战，跑不成，"一名上尉说，"要是试着跑过去，一定会被砸成肉酱。"

"算了，算了，"胆小狮叹息着说，"我看，老朋友饿虎，我们只能冒点险拯救这支威武的军队了，一起来吧，我们尽力而为。"

这时，奥兹玛和多萝茜已经从胆小狮和饿虎背上跳下来了，所以他们两个又从那恐怖的铁锤下跳了过去，把两个搂着他们的脖子不放手的将军驮过来。他们又这样不辞辛劳地往返了十二次，把全部军官都从巨人胯下安全转移，带到了对面。这时胆小狮和饿虎已经非常疲惫，张大嘴吐着长长的舌头，呼哧呼哧地喘着粗气。

"还剩下一名士兵。"奥兹玛说。

"哎！就让他在对面看车子吧，"胆小狮说，"我累得不得了，没办法再跑过去了。"

所有军官立刻表示反对，要求必须把那个士兵带过来，否则他们不知道要把命令传达给谁。但是胆小狮和饿虎拒绝再过去，稻草人只好派锯木马去接那个士兵。

或许是锯木马太粗心，也或许是他没有算准锤子落地的时间，那可怕的锤子正好砸到他的头，使他狠狠地摔倒在地，马背上的士兵也被高高地甩到空中，落到巨人的一只铁臂上。士兵死命地抱住，而那铁臂在来来回回的敲打中飞快地挥动着。

稻草人飞奔过去救锯木马，左脚也挨了锤子一下，才把锯木马拉到安全的地方。这时大家发现锯木马被砸得糟透了，因为虽然他的头是硬木做的，锤子砸不坏，但是他的一双耳朵被砸掉了，不重新装两只的话，他从此就聋了，并且他的左腿也有裂缝，得用绳子捆紧。

现在，比莉娜也从巨人胯下飞过来了，所以只剩下一个问题，那就是怎样救下在高空中随着巨人的胳膊抡来抡去的士兵。

稻草人平躺在地上，让士兵跳下来，因为他的身体很软，里面塞的都是稻草。士兵瞅准时机，等到离地面最近的时候，跳到了稻草人身上。这样的高难动作被他完成得很完美，不但他没有摔骨折，稻草人也表示毫发未损。

第十一章

矮子精国王

当他们到达埃夫国最远的边界，也就是那座堵住峡谷的高山时，天色开始越来越暗，因为两侧的山峰挡住了阳光。这一带十分安静，没有鸟儿美妙的歌声，也没有松鼠吱吱的叫声，树林早已被他们远远地甩在身后，剩下的只是一些死气沉沉的岩石。

这样的寂静让奥兹玛和多萝茜有些害怕，其他人的表情也十分严肃，除了锯木马。他一边驮着稻草人小跑，一边哼着一首奇怪的小曲儿，其中有这样的歌词："锯木马会去森林吗？哎哟哟，我叹气，他会去；虽然他的脑袋要不是木头做的，他就不会去森林，而是去高山。"

但是没有人关注这歌词，因为他

们马上就要进入矮子精国的领土了，那华丽的地下宫殿应该就在不远处。

突然，不知什么地方传出一阵讽刺的笑声，大家便停下了脚步，反正他们原本就打算停下来的，因为高山拦住了他们的去路，脚下的小路延伸到山脚下，就到尽头了。

"谁在笑？"奥兹玛问。

没有人回答，但是在昏暗的光线中他们可以看见一些奇怪的身影在岩石壁上晃来晃去。不知道那身影是什么东西，但是看样子就跟石头一样，颜色像石头，形状也是粗糙而有棱角的，就像从石山上敲下来的。那些身影面向奥兹玛带领的队伍，身体紧靠着悬崖峭壁，没有任何规律地朝各个方向胡乱滑动，看得人眼花缭乱。他们似乎并不需要从哪里立脚，就像苍蝇贴在窗户的玻璃上一样贴在岩石壁上，一刻也不离开。

"没什么可怕的，"滴答人在多萝茜害怕地退后时说，"他们就是些矮——子——精。"

"那是什么东西？"多萝茜小声问。

"就是石精灵，专门侍奉矮子精国王的，不会伤害我们，"滴答人回答，"不过眼下得把国王叫出来，如果见不到国王，你永远也找不到这座地下王宫的大门。"

"你叫吧。"多萝茜对奥兹玛说。

话音刚落，那些矮子精又开始哄笑，笑声十分怪异而恐怖，吓得那二十六名军官直接命令那唯一的士兵"向后转"，然后大家一起拔腿就跑。

铁皮人追上去大喊："站住！"等一队人停下来时，问道："你们去哪儿？"

"我——我想起忘了拿刷胡须的刷子，"一名将军哆哆嗦嗦地回答，"所——所——所以我们现在回去拿。"

"你们回不去，"铁皮人说，"你们如果从那个举着铁锤的巨人身边走过去，就会被砸死。"

"糟糕！"那个将军大惊失色，"我把那个巨人给忘了！"

"你的记性似乎不大好，"铁皮人说，"不过但愿你别忘了你们是一支勇敢的队伍。"

"永不忘记！"将军拍着胸脯高喊。

"永不忘记！"其他军官也激动地狠拍着胸脯高声重复。

"至于我，"那唯一的士兵顺从地说，"我一切都听从长官的命令，让我跑，我就跑，让我打，我就打。"

"这还差不多，"铁皮人赞许地说，"你们现在立刻回到奥兹玛身边去，听从她的指挥，如果再敢逃跑，我就让她下令，把二十六名军官全部降为士兵，再把这名士兵升为将军。"

这个可怕的威胁吓坏了所有人，他们立刻回到了奥兹玛身边。

于是，奥兹玛站在胆小狮身旁高声喊道："矮子精国王，我命令你出来见我！"

回答她的只有石壁上晃动的矮子精们讽刺的笑声。

"你不应该给矮子精国王下命令，"滴答人说，"因为你不能像命令自己的国民一样对待他。"

奥兹玛听了，又喊了一次，"矮子精国王，请你出来见我们！"

回答她的还是讽刺的笑声，那些矮子精依然影影绰绰地在岩壁间晃来晃去。

"要不你求求他，"滴答人对奥兹玛说，"请他请不动，求求他，说不定他就出来了。"

奥兹玛骄傲地环视着周围，问道："你们愿意自己的君主去哀求一个邪恶的暴君吗？难道奥兹国的女王会向一个住在地下王宫的人低头弯腰吗？"

"决不！"所有人异口同声地大喊。

稻草人又补充说："我们可爱的女王必须时刻保持她的尊严，我也一样。如果矮子精国王敢不出来，我们就要像从洞里挖狐狸一样，把他从地下挖出来，整治整治他那顽固的坏脾气。"

"我可以求他，"多萝茜说，"我只是一个来自堪萨斯的小女孩，在家乡时也很重视尊严，知道怎么应付，我来试着叫他吧！"

"好啊！"饿虎说，"要是他杀了你，我就把你当明天的早餐。"

于是多萝茜往前迈了一步喊道："矮子精国王先生，请求你出来见见我们！"

那些矮子精又放肆地大笑起来，但是山中忽然传来一阵低沉的怒吼，矮子精们瞬间就消失得无影无踪。

这时，岩壁上突然打开一扇门，一个声音喊道："请进！"

"会不会是陷阱？"铁皮人问。

"不要紧，"奥兹玛说，"我们的目的是救出可怜的埃夫国王后和她的十个子女，总是要冒点险的。"

"矮子精国王是个实诚人，"滴答人说，"你们要相信，他是很讲理的。"

因此，奥兹玛和多萝茜手拉手打头，带着队伍走进了拱形石门，来到一个长长的走廊，两边墙壁镶嵌着珠宝，珠宝后面又安了灯，把走廊照得仿佛白昼。没有人陪同，也没有人指路，大家就这样迅速通过走廊，到达一个金碧辉煌的拱顶圆形山洞。

在山洞中央，有一个圆石雕成的宝座，外表粗糙，坑坑洼洼，但是内里镶满了光彩夺目的大颗红宝石、金刚钻和翡翠。矮子精国王就坐在宝座上。

这位地下王宫的统治者个子不高，身材胖乎乎的，穿着灰褐色衣服，与他所坐的石头宝座的颜色一模一样。他那浓密的头发和长长的胡须的颜色也与石头一致，脸也一样。他没有戴王冠，全身唯一的装饰就是系在那矮胖的身躯上的一根镶满宝石的宽腰带。至于长相，看上去倒是和蔼慈祥的。当奥兹玛和多萝茜走到他跟前，后面又紧跟着一大队人马时，他开心地望着这些客人。

"咦？他的样子很像圣诞老人——除了颜色以外。"多萝茜趴在奥兹玛耳边说。但是矮子精国王听了这话，哈哈大笑起来。

"他有着一副红脸蛋和一个圆肚皮，他一笑，那圆肚皮就像满碗的果冻不停摇晃。"国王神情愉悦地说。

大家都注意到了，他一笑，那圆肚皮确实晃得像果冻。

奥兹玛和多萝茜见矮子精国王这么开心，心中非常安慰，只见他大手一挥，两个姑娘身边就都有了一张铺着坐垫的椅子。

"请坐，姑娘们，"国王说，"说说吧，你们为什么不远千里来找我？我能做什么使你们开心呢？"

当她们就座时，矮子精国王拿起一个烟斗，从衣兜里掏出一块烧得红彤彤的煤块放进去，烟斗渐渐喷出一串串烟圈，在他头顶上盘旋缭绕。多萝茜一看，这样更显得他像圣诞老人了。这时，奥兹玛开口说话了，所有人都安静地听着。

"尊敬的国王陛下，"她说，"我是奥兹国的女王，来到这里是为了请你释放埃夫国王后和她的十个子女，你对他们施了魔法，并把他们当成囚犯关押起来。"

"不，我想你弄错了，"国王说，"他们不是我的囚犯，而是我的奴隶，是我从埃夫国国王那里买来的。"

"但这是非法的。"奥兹玛说。

"根据埃夫国的法律，国王的一切行为都是合法的，"矮子精国王望着嘴里刚吐出来的一个烟圈说，"他绝对有权把妻子和儿女卖给我换取自己的长生不老。"

"显然，这是一个骗局，"多萝茜纠正道，"因为埃夫国国王并没有长生不老，他跳海自杀了。"

"那跟我没关系，"矮子精国王跷起二郎腿得意地笑着说，"我让他长生不老，这是没错的，是他自己把一切搞砸了。"

"自杀怎么能算长生不老呢？"多萝茜问。

"这么说吧，小姑娘，"矮子精国王说，"假如我用一个漂亮的洋娃娃，跟你换一缕头发，你换到洋娃娃以后把它弄坏了，你能指责我没有把洋娃娃交给你吗？"

"不能。"多萝茜回答。

"你再说句公道话，你自己弄坏了洋娃娃，能要求我把那缕头发还给你吗？"

"不能。"多萝茜又回答。

"没错！"矮子精国王说，"所以我不可能因为埃夫国国王自己跳到海里淹死了而释放他的王后和子女，他们是我的奴隶，我有权处置他们。"

"可是你不该虐待他们。"奥兹玛听见矮子精国王不肯答应他们的要求，心中非常失望。

"虐待？"国王继续喷出一串又一串烟圈，看着它们在空中缭绕，"我不赞成这种说法，由于奴隶必须干活，而埃夫国王后和她的孩子们体质太弱、力气又小，我才把他们变成装饰品和陈列品，摆放在王宫的各个地方，他们不必干活，只要负责装饰王宫就行，我觉得我已经对他们大发慈悲了。"

"可是他们的命运太悲惨了！"奥兹玛发自内心地大喊，"而且埃夫国也需要王族去统治和管理，如果你放了他们，让他们恢复本来面貌，我愿意送给你十件装饰品作为你损失了这些摆设的补偿。"

矮子精国王的表情严肃起来。

"如果我不答应呢？"他问。

"那么,"奥兹玛义正词严地说,"我将会带领我的朋友和军队占领你的王国,强制你服从我的命令。"

"哈哈哈哈!"矮子精国王开怀大笑,笑得差点噎着,然后又开始咳嗽,咳着咳着,他的脸色从灰褐变成了通红,他用一块石头颜色的手帕擦擦眼睛,神情又变得严肃起来。

"你勇气可嘉,也非常漂亮,小姑娘,"他对奥兹玛说,"但是你根本不知道自己将会面临怎样的困难,你跟我走走吧!"

他从宝座上站起来,拉着奥兹玛的手,牵着她走向房间的一扇小门。他打开门,两人走到一个阳台上,于是整个地下王宫的奇妙景象尽收眼底。

一个巨大的山洞不知道延伸到地下多少英里①以外的地方,四处都是炉火熊熊的熔炉和锻炉,不计其数的矮子精不是在捶打黄金白银就是在琢磨光彩夺目的珠宝。山洞坚硬的墙壁上嵌满了无数金门和银门,绝对有几千扇以上,这些门一直延伸、排列到很远很远的地方,奥兹玛看不到尽头。

就在这位来自奥兹国的少女充满惊奇地注视这样的场景时,矮子精国王吹了一声尖厉的口哨,几乎一瞬间,全部金门和银门都打开了,里面走出一队队排列整齐有序的矮子精士兵。人数实在太多,很快就塞满了这个面积庞大的山洞,也让那些辛勤劳作的工匠暂停了手里的活计。

尽管这些数量庞大的军队是由跟石头一样颜色的矮子精组成的,一个个既矮又胖,但是每个人都穿着亮闪闪的、擦得锃亮的钢盔甲,上面还镶着夺目的钻石。人人额前都有一盏明亮的电灯,手里还拿着尖利的长矛、长剑和赤铜战斧。他们显然经过严格的训练,全部排列得整整齐齐,武器举得又稳又直,似乎只要主人一声令下,就会迅速刺向敌人。

"这只是我很小一部分军队,"矮子精国王说,"地面上任何一个国家都不敢向我宣战,今后也不会有,因为我不可战胜,没人敢跟我对着干。"

他说完又吹了一声口哨,那些整装待发的军队立刻整齐有序地走进了金门和银门,不见了踪影。工匠们又在熔炉和锻炉旁忙碌起来。

接着,无精打采的奥兹玛回身走向她的朋友们,矮子精国王也镇静地

① 英美制长度单位。1英里约为1.6公里。

重新回到他的宝座上。

"跟他作对是愚蠢的，"多萝茜对铁皮人说，"我们那二十七个人组成的军队根本不堪一击，面对这样无能为力的情况，我也没办法了。"

"问问那个国王，王宫的厨房在哪里，"饿虎说，"我现在比熊还饿。"

"我可以扑到国王身上，把他撕成碎片。"胆小狮说。

"你试试吧！"矮子精国王说着，又从衣兜里掏出一块通红的煤块点燃了烟斗。

胆小狮蹲下身子，想朝矮子精国王跃过去，但他只跳出去一点点，就落在了原地，根本无法靠近宝座哪怕一英寸[①]。

"我认为，"稻草人满怀心事地说，"最好的办法是哄着国王陛下主动释放那些奴隶，因为他是个法力高强的魔法师，我们打不过他。"

"这是你们想到的最聪明的办法，"矮子精国王说，"威胁我是最不明智的行为，但是我心肠软，最容易哄骗。如果你们真想达到什么目的，亲爱的奥兹玛，你可以试着说些好话哄我高兴。"

"我非常赞同，"奥兹玛说，她似乎开心点了，"我希望跟你交个朋友，仔细商量商量这件事。"

"我很乐意。"国王立刻同意了，眼睛里闪耀着快乐的光彩。

奥兹玛继续说："我特别想把在陛下的王宫中当饰品、摆设的埃夫国王后和她的十个子女救出来，送回他们自己的国家。请跟我说说，先生，我怎样才能达到自己的目的呢？"

国王想了一会儿说："为了救出这些人，你肯自己去冒险吗？"

"愿意！非常愿意！"奥兹玛发自内心地回答。

"那么，我可以给你出个主意，"矮子精国王说，"你自己一个人到我的王宫里走一趟，好好看看每个房间里的全部东西。然后，我允许你触碰十一样不同的东西，同时说出'埃夫'两个字，如果其中有任何一样或者一样以上是埃夫国王后和她的孩子们变成的，那么他们这几个人立刻就可以恢复本来面貌，并且可以自由地随你离开我的王宫，我绝不阻拦。如此

---

① 英美制长度单位。1英寸约为 2.54 厘米。

一来，你就有机会把十一个人全救出来，如果你没有全部猜对，还剩下几个人，那么你的朋友和随从也可以像你一样，走遍我的王宫，用我答应你的特权救人。"

"啊！这个主意太棒了，谢谢你！"奥兹玛诚恳地说。

"我只有一个条件。"矮子精国王补充道，眼睛里闪出热切的光。

"你说吧！"奥兹玛说。

"如果你碰过的十一样东西没有一样是埃夫国王族变成的，那么你不但救不出他们，自己也会被魔法变成装饰品或者小摆设，这就是你为了救人而需要承担的风险，我觉得很公平。"

第十二章

★一次猜测

　　奥兹玛听了矮子精国王的条件，陷入了沉思，其他人都担心地望着她。

　　"别答应！"多萝茜喊道，"如果全猜错，你自己也失去了自由。"

　　"我有十一次机会，"奥兹玛说，"我只要把握一次机会，就能救出一个人，自己也会平安。接着，你们大家也可以轮流猜，用不了多久就能把十一个可怜人全部救出来。"

　　"如果我们一个也没猜对呢？"稻草人说，"作为一件小装饰，我看上去挺成功的，是吗？"

　　"不会发生那样的事，"奥兹玛坚定地说，"我们千里迢迢前来拯救那些可怜的人，绝对不能放弃这个机会，那是懦

弱和无能。所以我答应矮子精国王的条件，第
一个到王宫去。"

"那就走吧，亲爱的，"国王说着，肥胖
的身体有点费力地从宝座上爬下来，"我给你
带路。"

他走到山洞的一面墙旁边，挥了一下手，
那里立刻出现了一扇门，奥兹玛微笑着跟朋友
们打过招呼，转身走了进去。

她发现自己走进了一个金碧辉煌的大厅，
比自己去过的所有地方都华丽壮观。头顶上的
天花板是一个巨大的拱形圆顶，四面墙壁和地
板全部用各种颜色的华贵的大理石铺成。地板
上铺着柔软的丝绒地毯，通向其他房间的全部
拱门都挂着厚厚的锦帘。家具全部用上好的木
材打造，上面刻着各种精致的花纹，还铺着华
丽的锦缎。整个宫殿笼罩着神秘的玫瑰色光芒，这样柔和而舒适的光芒应
该不是从某一个固定的地方散发出来的，它笼罩着所有房间。

奥兹玛一间一间屋子走过去，看见的一切都令她兴奋。这豪华的宫殿
中没有别人，矮子精国王把他带到门口就离开了，门也随后关上了，看样
子宫殿里的各个房间也没有别人。

宫殿的壁炉架上，许多架子、托盘和桌子上都放着各种各样的小摆设，
看样子是用不同种类的金属、玻璃、瓷器、宝石和大理石制作的。有花瓶、
人物、走兽，等等，还有雕刻而成的浅盘和碗，还有用宝石镶嵌而成的摆
件，各种东西不计其数，有些房间墙上还有壁画。总之，地下王宫就是一
个收藏着无数无价之宝的宝库。

奥兹玛在每个房间大概看了一遍之后，开始想搞清楚这里摆放的数不
清的小摆设中，哪些是埃夫国王后和她的孩子们变成的。这些东西根本不
能给她任何提示，因为它们似乎全都是没有生命的。看来她只能靠瞎猜，

这时她才明白自己的处境有多么危险，她努力想把遭到囚禁的那些可怜人救出矮子精国，却很可能牺牲自己的自由。难怪那狡诈的国王对于他们的到访感到如此开怀，他猜到了他们肯定会轻易上当。

但是，既然已经冒着风险来了，她就不会轻易放弃。她注视着一个有十个枝杈的树形烛台，猜测这可能是她要救的人，所以她按照矮子精国王说的那样，摸了一下烛台，叫道："埃夫！"然而烛台纹丝不动。

接着她走进另一个房间，摸了摸一只小瓷羊，猜想这可能是她要救的其中一个孩子，但是又猜错了。她就这样猜了三次、四次、五次、六次、七次、八次、九次、十次，全部都失败了！

奥兹玛轻轻哆嗦了一下，即使在玫瑰色光芒的笼罩下，也可以看到她的脸色非常苍白，因为她此时只剩下一次机会，她自己的命运也取决于能不能把握住这次机会。

她命令自己镇定下来，又挨个房间看了一遍，仔细观察那些装饰品，犹豫着该碰哪一件。可是实在没有任何头绪，她只能决定碰碰运气。她面向一个房间的门口，紧闭着双眼伸出右手，拨开厚厚的锦帘，摸索着向前走去。

她走得很慢，脚步很轻，直到右手碰到圆桌上的一样东西，她不知道那是什么，只是低低地说了一声"埃夫"。

她说完以后，这些房间里就再也没有生命了。矮子精国王多了一件新摆设，圆桌边多了一件漂亮的新蚱蜢摆件，看样子是翡翠做的——奥兹国女王变成了这样一件东西。

宫殿旁的觐见室里，矮子精国王突然抬起了头，面露微笑。

"下一个！"他开心地宣布。

多萝茜、稻草人和铁皮人一直在旁边焦急地等待着，这时都大吃一惊，面面相觑。

"她全猜错了？"滴答人问。

"看来是这样。"胖乎乎的国王开心地回答，"但这并不代表下一个人也全部猜错，何况下一个人可以猜十二次，而不是十一次，因为现在变成小摆设的是十二个人。现在我们别再废话了，接下来谁去？"

"我！"多萝茜说。

"不行，"铁皮人说，"作为女王军队的司令官，我有责任跟随她，并且把她从危险中救出来。"

"那你先去吧，"稻草人说，"但你要加倍小心，我的老朋友。"

"我会的！"铁皮人承诺道，然后他就跟着矮子精国王走到王宫的门口，进了那扇石门。

第十三章
矮子精国王开怀大笑

　　矮子精国王又重新回到宝座，再次点上烟斗，随着奥兹玛前来冒险的其他人也坐下来，开始了又一轮的等待。女王失败了，变成了矮子精国王地下王宫中的一件小摆设，这令他们垂头丧气。他们已经明白，这王宫虽然富丽堂皇，却是一个危机四伏、令人胆战心惊的地方。没有了带头人，他们不知道接下来该怎么办，所以每一个人，包括那些一直打着哆嗦的士兵，都开始害怕自己马上就会变成这里的一件小摆设，从而永远失去自由。

　　突然，矮子精国王再次开怀大笑："哈哈哈哈，哈哈哈哈！"

　　"你在笑什么？"稻草人问。

　　"哎哟，你的朋友铁皮人变成了一件很有意思的东西，你根本无法想象，他会成为如此搞

笑的小摆设。"矮子精国王一边回答，一边擦掉因为开心而笑出的眼泪，嘴上还喊着，"下一个！"

大家互相看着，心情无比沉重，一个将军甚至伤心地哭了出来。

"你哭什么？"稻草人生气地问，他最瞧不起这种懦弱的人。

"他还欠我六个星期的薪水呢，"将军回答，"我不希望他回不来。"

"那你去把他找回来吧！"稻草人说。

"我？"将军惊恐万分地大喊。

"没错，追随长官是你的职责。快去吧！"

"我不去，"将军说，"我当然愿意去，但我就是不去。"

稻草人看向矮子精国王。

"不要紧，"开心的国王说，"如果他不肯去，我就把他丢进熊熊燃烧的熔炉里。"

"我去！我愿意去！"将军像演奏爵士乐那样急切地狂喊，"门在哪儿？在哪儿？我立刻去。"

矮子精国王把他带进王宫，又出来继续等待。谁也不知道将军有什么遭遇，反正没过多久，国王就叫下一个了，另一个将军不得不跟他走进

王宫。

一个又一个，就这样，二十六名军官全部走进王宫，结果都失败了，变成了里面的装饰物。

这时，国王下令给这些远到而来的客人端上糕点，一个长相粗陋的矮子精端着托盘走了进来。这个矮子精跟其他矮子精不一样，他的脖子上挂着一根沉甸甸的金链子，代表他是矮子精国的大总管。他摆出一副神气十足的样子，竟然提醒他的陛下夜里别吃太多糕点，否则对身体不好。

可是多萝茜很饿很饿，可顾不上对身体好不好，一连吃了好几块点心，觉得十分美味。她还喝了一杯上等咖啡，这是用先在熔炉里烤焦再磨细的香喷喷的黏土烘制而成的，她觉得这咖啡很醒脑，一点沉淀物都没有。

一同来冒险的这支队伍，现在只剩下多萝茜、稻草人、滴答人、一名士兵和比莉娜了。当然还有胆小狮和饿虎，他们吃了几块点心就在房间的一个角落睡着了。锯木马站在房间的另一个角落，就像单纯的木制品一样，无声无息，十分安静。比莉娜先前不慌不忙地在地面上走来走去，啄食散落的点心碎屑，现在早就过了睡觉时间，她开始到处寻找没有光亮、可供休息的地方。

没多久，她发现国王的石宝座下有个小洞，就神不知鬼不觉地钻了进去，她还能听见外面的人嘀嘀咕咕地说话，但是小洞里黑乎乎的，所以她很快就睡着了。

"下一个！"国王喊道。

这次轮到那唯一的士兵走进那可怕的王宫了，他跟多萝茜和稻草人握了握手，伤心地跟他们道别，走进了那扇石门。

过了很长时间——显然士兵并不想很快变成小摆设，所以猜得很慢。矮子精国王大概可以通过魔法知道宫殿里那些华丽的房间发生的所有事，终于有些急躁了，表示他不愿意在这里等了。

"我喜欢小摆设，"国王说，"但是我不能为了多得到几件小摆设一直等到明天，所以等那个笨士兵变成装饰，我们大家先去睡觉，明天早晨再继续这件事。"

"天色已经很晚了吗？"多萝茜问。

"是的，已经是深夜了，"国王说，"我觉得已经很晚了，我的王国不分昼夜，因为是在地下，没有阳光。但是我们跟地面上的人一样，也需要睡觉，依我的习惯，再过几分钟就得上床了。"

事实上，国王说完没多长时间，那名士兵就猜了最后一次，他当然没猜对，所以马上变成了一件小摆设。国王因此很高兴，拍拍手叫来了他的大总管。

"给这些客人安排客房，"他命令道，"速度要快，我自己也困极了。"

"你真不该坐到深夜，"总管硬邦邦地说，"明天清早你的脾气就会像狮身鹰首兽一样暴躁。"

国王陛下对这番话没有回应，总管就带领大家穿过另一扇门，来到一个长廊，长廊两侧是几间简单而又舒适的客房。多萝茜住第一间，稻草人和滴答人住第二间——虽然他们从不睡觉，胆小狮和饿虎住第三间。锯木马随总管摇摇晃晃地去了第四间，在屋子中央僵硬地站到天亮。对滴答人、稻草人和锯木马来说，每个夜晚都无比漫长，但是他们慢慢学会了静静地打发时间。因为他们那些有血有肉的朋友都需要睡眠，而且不愿意被打扰。

第二个房间里，总管出去以后，稻草人悲痛地说："老朋友铁皮人的遭遇让我深感痛心，我们共同经历过很多风险，都平安度过了，可是现在他成了一件装饰品，我们再也无法见面了。"

"用一般人的眼光来看，"滴答人说，"他始终都是一件装饰品。"

"是的，可是现在矮子精国王讽刺他，说他是整个王宫最可笑的装饰品，我那可怜的朋友一定会为此感到难过的。"稻草人伤心地继续说。

"明——天——我——们自己——也会变成——搞笑的——小摆设。"滴答人语气生硬地说。

这时，多萝茜急匆匆地跑进他们的房间，嚷嚷着："比莉娜呢？看见比莉娜了吗？她在这里吗？"

"没看见。"稻草人说。

"会不会发生什么意外？"多萝茜说。

"我还以为她在你那里呢，"稻草人说，"不过我记得她吃完点心屑以后就不见踪影了。"

"她一定还在觐见室。"多萝茜十分肯定地说，然后马上离开房间沿着走廊跑到进来时穿过的那扇门前，但是那扇门紧紧地关着，里面还上了锁，石板也又厚又重，任何声音都难以穿透。多萝茜只好返回自己的房间。

胆小狮把头伸进多萝茜的房间，想在她找不到母鸡朋友时给予一些安慰："比莉娜能照顾好自己，你就放心吧，抓紧时间休息一下，今天一整天又累又漫长。"

"等到明天，"多萝茜说，"我也变成了小摆设，将会有很多很多时间休息。"但她还是躺在了睡椅上，尽管心事重重，仍然迅速进入了梦乡。

第十四章
多萝西想尽量勇敢起来

这时，大总管已经回到觐见室，对国王说："你在这些人身上浪费这么多时间，真是个笨蛋。"

"什么？"国王喊道，声音无比愤怒，吵醒了睡在宝座下面的比莉娜，"你敢说我是笨蛋？"

"我是实话实说，"总管说，"你为什么不用魔法让这些人同时全部变成装饰品，而是让他们轮流去王宫里猜哪些是埃夫国王后和她的孩子？"

"哎！你这个无趣的笨蛋，这样做才有意思，"国王说，"这样能让我开心好一阵子。"

"但是万一他们中间有人猜对了，"总管固执地说，"你不但会失

去原来的装饰品，还会错过这些新的。"

"不会有人猜对的，"国王得意地说，"他们哪里会知道埃夫国王后和她的十个子女变成的装饰品都是紫色的呢？"

"可是王宫里没有其他紫色的摆设啊？"管家说。

"可是那几件东西分布在各个房间里，形状和大小各不相同。相信我，总管，没人会想到专门去挑紫色的摆设。"

比莉娜缩在宝座下面，认真听着他们的对话，听到国王吐露了秘密，高兴极了。

"那也不该冒这个险，"总管继续粗声粗气地说，"你也不该把奥兹国来的那些人变成的装饰全变成绿色。"

"这样做是因为他们来自翡翠城，"国王解释道，"而且到目前为止，我的所有装饰中还没有绿色的，我觉得它们跟其他装饰品混在一起，显得很漂亮，你说呢？"

总管生气地嘀咕了一句。

"你就胡作非为吧，因为你是国王，"他气冲冲地说，"但是你如果有一天为今天的马虎大意感到后悔，可别怪我今天没有提醒你。要是让我系上你那条能把别人变成各种样子并使你拥有很多魔法的腰带，我一定会成为比你聪明睿智的君主。"

"闭嘴，别说了！"国王恼怒地下令，"别以为你是我的大总管，就可以随意指责我。下次要是再敢乱说话，我就让你去熔炉边干活，随便再找一个矮子精代替你。现在跟我去卧室，我要休息了。你要牢记明天早早叫醒我，我要继续享受把剩下的人变成装饰品的乐趣。"

"你打算把那个来自堪萨斯的小姑娘变成什么颜色？"总管问。

"大概是灰色吧。"国王说。

"稻草人和机器人呢？"

"应该是金色，因为他们现在的样子太难看了。"

然后声音越来越小直至消失。比莉娜知道国王和总管离开了觐见室，她打理了一下尾巴上的几根有些弯曲的毛，把头塞在翅膀下又睡着了。

第二天一大早，多萝茜、胆小狮和饿虎都在自己房间里吃了早餐，接着到觐见室见国王。饿虎委屈地发着牢骚，说自己根本没吃饱，还不如干脆到王宫里当个摆设，这样就再也不用饱受饥饿的折磨了。

"你没吃早餐吗？"矮子精国王问。

"唉！仅吃了一口，"饿虎回答，"可是吃一口对一个饥肠辘辘的老虎来说能顶什么用呢？"

"他喝了十七碗麦片粥，吃了整整一盘煎香肠和十一个圆面包、二十一个肉饼。"总管说。

"你还想吃什么？"国王问。

"一个胖小孩，我想吃一个胖小孩，"饿虎说，"一个白白胖胖的、活泼可爱的、又鲜又嫩的小孩子，不过还是算了，就算真有这样一个小孩子，我的良心也不会容许自己吃了他，所以我最好还是成为一个小摆设，这样才不会再受饥饿的折磨。"

"休想！"国王大喊，"我才不会让粗鲁的野兽到我的王宫去打碎和弄乱我那些宝贵的收藏，等你们这些剩下的朋友都变好以后，你们就离开这里回到地面上随便干点什么吧。"

"说到这里嘛，"饿虎说，"要是跟朋友们分开，我们就无事可做了，所以我们并不在意以后会怎么样。"

多萝茜要求第一个去王宫，但是滴答人坚持认为仆人应该在主人之前去冒险，稻草人也认为他说得对，所以矮子精国王为滴答人打开门，让他走进王宫迎接挑战。然后国王又回到宝座上，惬意地抽着烟，一小团烟雾在他的头顶上环绕。

很快，他说："我对你们深表同情，你们剩下的人越来越少，我很快就会失去这种乐趣了，到时候，我没什么事可干，只好仔细欣赏新添的摆设了。"

"我觉得，"多萝茜说，"你表面看上去很诚恳，其实很狡猾。"

"为什么这么说？"国王问。

"你让我们以为猜中埃夫国王后和她的儿女变成什么装饰很简单。"

"是很简单啊，"国王强调，"只要会猜，但是你们这些人显然都不大会猜。"

"滴答人怎么样了？"多萝茜担心地问。

"没怎么样，"国王皱着眉说，"他站在房间里一动不动。"

"啊！他肯定该上发条了，"多萝茜喊道，"我今天早晨忘记给他上发条了。他猜了几次了？"

"还剩最后一次，"国王说，"你可以进去给他上好发条，然后直接留在里面猜。"

"好吧！"多萝茜痛快地答应了。

"下一个进去的应该是我。"稻草人一板一眼地说。

"喂！你也不忍心一走了之，让我自己孤单地在这里等吧，"多萝茜说，"再说，我现在进去，可以给滴答人上好发条，让他把最后一次猜完。"

"也好，"稻草人叹了口气说，"你先去吧，愿你好运，小朋友。"

就这样，多萝茜努力控制自己害怕的心情，鼓起勇气推开那扇门，走进豪华的王宫。刚开始的时候，那里面不同寻常的安静让她心惊，她做了几次深呼吸以后，一只手按着胸口，开始好奇地观察周围的一切。

没错，这里的确很华丽，可能任意一个角落都暗藏着魔法，她还不能适应这仙境里面的魔法，这与她的景色平凡而又朴实的故乡堪萨斯完全不一样。

她挨个穿过几个房间，最后找到了不能动弹的滴答人。这时，她感到终于在这个神秘的地方见到了朋友，所以立刻用最快的速度把滴答人的智慧、说话和走路的发条都上得紧紧的。

"谢谢你，多萝茜，"滴答人开口就说，"现在我还剩最后一次机会。"

"嗯，你要当心，滴答人！"多萝茜嘱咐道。

"我会的，不过矮子精国王控制了我们，布置了圈套，恐怕我们凶多吉少。"滴答人说。

"其实我也这样想。"多萝茜伤心地说。

"假如当初铁匠和白铁匠给我设置一个能进行猜测的功能，"滴答人继续说，"那我就能给矮子精国王点颜色瞧瞧，可惜我的思维又普通又单一，面对这样的情况根本起不到作用。"

"你尽力就好，"多萝茜给他打气说，"要是你猜错了，我会留意看你变成了什么东西。"

滴答人就碰了一下身边画着雏菊的黄色玻璃花瓶，嘴上说着"埃夫"，然后就立刻消失了。尽管多萝茜用最快的速度四下张望，她也难以判断这些堆满房间的装饰品中哪一个是她那忠诚的仆人和贴心的朋友变成的。

眼下，她除了继续艰难地做各种可怕的猜想，再没有别的办法了。

"变成小摆设不会感到疼的，"她想，"我没有听见他们中间任何一个人发出尖叫或者大声呼救，包括那些可怜的军官。老天！不知道亨利叔叔和爱姆婶婶以后会不会知道我成了矮子精国地下王宫的一个小摆设，永远很优雅地站在一个地方，只有在清理尘土时才换个位置。我想不到自己会有这一天，真的没想到，不过也许这就是命运。"

她再次走遍全部房间，细细打量里面所有的摆设，可是东西不计其数，让她束手无策，最后她跟奥兹玛一样，干脆随便猜，看样子很难猜对。

她小心地碰了碰一只雪花石膏碗，嘴里说着"埃夫"。

"无论如何，这只是第一次猜错，"多萝茜想，"可是我怎样才能分辨出哪件施了魔法、哪件没施呢？"

接着，她碰了碰壁炉架角落里的一只紫色瓷猫，她一说完"埃夫"，那小猫立刻消失了，一个漂亮的浅发小男孩出现在她面前，同时，远处传来了钟声，多萝茜吓了一跳，又吃惊又开心。

小男孩嚷嚷着："这是什么地方？你是谁？发生了什么事？"

"太棒了！"多萝茜说，"我猜对了。"

"猜对什么了？"男孩问。

"我可以不用变成小摆设了，"多萝茜愉快地回答，"还救了你，让你不用永远当一只紫色的小猫。"

"紫色的小猫？"小男孩重复着，"这里没有紫色的小猫。"

"现在是没有，"多萝茜说，"但是一分钟以前有，你忘了你之前在壁炉架上站着吗？"

"那不可能！我叫埃夫林，我是埃夫国的王子！"小男孩自豪地宣布，"可是我的父亲，也就是国王，把我母亲和我所有的兄弟姐妹都卖给了矮子精国那个残暴的国王，之后发生了什么我就不知道了。"

"看样子一只紫色的小猫并没有记忆力，埃夫林，"多萝茜说，"但是你现在变回来了，我会尽力把你的兄弟姐妹都救出来，说不定还能救出你母亲。快跟我来！"

她牵着小男孩的手，急急忙忙地四处观察，考虑下一个猜哪件。第三次猜测失败了，第四次、第五次也是一样。

小埃夫林想不明白她在做什么，但是乖乖地小跑着跟着她，因为他对这位新朋友很有好感。

多萝茜接下来全没猜对，但是，最初的沮丧心情过去以后，她想到无论如何，总算成功地救出了埃夫国王族的一名成员，这个小王子可以回去治理他的国家，这也是很值得高兴和庆祝的呢。现在，她可以安全地回到那狡猾的国王面前，带着她成功的证明——小男孩埃夫林。

所以她转身往回走，找到了进来时的那扇门，她一靠近，高大厚重的石门就自动开启了，多萝茜和埃夫林穿过石门，回到觐见室。

第十五章
比莉娜吓坏矮子精国王

当初，多萝茜走进王宫给滴答人上发条以后，觐见室只剩下稻草人和矮子精国王，两个人沉默地坐了一会儿，矮子精国王突然轻松地喊道："很好！"

"什么很好？"稻草人问。

"机器人。他永远不再需要有人给他上发条了，因为他现在变成了一件雅致的小摆设，真的很雅致。"

"多萝茜怎么样了？"稻草人问。

"她？她这就要开始猜了，马上，"国王高兴地说，"她也会很快变成我的收藏品，接下来就是你。"

好心肠的稻草人想到他的老朋友就要跟奥兹玛和她带领的那些人一样变成装饰品，心里难过极了。然而，当他暗自伤心时，突然听到一阵尖厉的叫声。

"咕咕咕！咕——咕——咕！咕——咕——

咕——咕——咕！"

矮子精国王吓得险些从宝座上滚下来。

"老天！什么声音！"他喊道。

"哦，是比莉娜。"稻草人说。

"你吵什么！"国王看见比莉娜从宝座下昂首阔步地走出来，严厉地责备道。

"我想，我有资格咕咕叫，"比莉娜说，"我刚才生蛋了。"

"什么？生蛋？你敢在我的觐见室里生蛋？你胆子太大了吧！"国王怒气冲冲地喊道。

"我走到哪里，就在哪里生蛋。"比莉娜说着，竖起羽毛抖了抖身子，然后又把羽毛放下来。

"可是！这多么恐怖！你难道不知道鸡蛋有毒吗？"国王怒吼着，由于恐惧，他那双灰色的眼睛简直凸了出来。

"有毒？我告诉你！"比莉娜生气地说，"我下的所有鸡蛋都是无比新鲜和健康的，怎么会有毒？"

"你不明白！"国王焦急地解释道，"鸡蛋不是属于这里的东西，只在你们生活的地上世界才有。在我的地下王国里，鸡蛋就像我说的那样，有剧毒，我们矮子精身边不能放鸡蛋。"

"那这次，你身边不能不放个鸡蛋了，"比莉娜说，"因为我已经把它生下来了。"

"生在哪儿？"国王问。

"你的宝座下面。"比莉娜说。

国王足足蹦起了三英尺，他迫不及待地要离开宝座。

"拿开！立刻拿开！"他喊道。

"我做不到，"比莉娜说，"我没有手。"

"我去拿吧，"稻草人说，"我正在收集比莉娜生的蛋，我的衣兜里现在就有一只，是她昨天下的。"

国王一听，赶紧离稻草人远远的。等稻草人要去宝座下拿蛋时，比莉

娜突然喊:"住手!"

"怎么了?"稻草人问。

"只有国王答应我像大家一样可以去王宫里猜,你才能取蛋。"比莉娜叮嘱道。

国王"呸"了一声说:"你区区一只母鸡,怎么可能猜中我的魔法?"

"我只想试试,"比莉娜说,"而且假如我失败了,你就会又多一件小摆设。"

"你想成为一件漂亮的小摆设,是吗?"国王喊道,"不过,我就如你所愿。你竟然敢在我面前下蛋,必须受到严厉的惩罚。等稻草人变成装饰,你就也到王宫里去。可是你怎么触碰那些摆设呢?"

"用爪子,"比莉娜说,"我说起'埃夫'来,跟别人没有任何区别。我有权去猜测我那些中了魔法的朋友,如果能猜对,他们就得救了。"

"很好,"国王说,"我成全你。"

"既然这样,"比莉娜对稻草人说,"把鸡蛋拿出来吧!"

稻草人蹲下来,把手伸进宝座下面,摸到鸡蛋后拿出来,放进自己另

一个衣兜里，他怕两只鸡蛋放进同一个衣兜会相互碰碎。

就在这时候，宝座上方传来洪亮的钟声，国王又吓得跳脚。

"糟糕，糟糕！"他失望地嘟囔着，"那小姑娘竟然成功了。"

"什么成功了？"稻草人问。

"她猜对了一次，解开了我一种厉害的魔法，实在太糟糕了，我根本没想到她会猜对。"

"这么说，她很快就会平安返回这里了？"稻草人问，他那用笔画出的脸露出了开心的笑容。

"是的，"国王一边回答，一边焦躁地在房间里走来走去，"无论我的承诺有多么不可理喻，我都会说话算话。幸好我可以把黄母鸡变成小摆设，以弥补刚才的损失。"

"你有可能如愿，也有可能不会如愿，"比莉娜平心静气地反驳道，"说不定我会全部猜对，让你吓一大跳。"

"全部猜对？"国王一瞪眼睛，"比你厉害的人都猜不出来，你怎么会猜出来，你这只蠢鸡！"

比莉娜懒得理他。不一会儿，门开了，多萝茜和小王子埃夫林手牵手回来了。

稻草人用力拥抱多萝茜，表达心中的喜悦，他也想拥抱埃夫林，他实在太激动了。但是小王子很内向，还不了解稻草人是一个善良的、值得信赖的好朋友，所以躲开了他的拥抱。

但是他们没有时间说话，因为该轮到稻草人去王宫了。多萝茜的成功带给他很大信心，他们俩都希望，他至少能成功一次。

然而，好运气没有光顾他，虽然他用了很长时间选择猜测的对象，但是全部猜错了。所以他很不幸地变成了一个纯金的插卡器，那豪华而恐怖的王宫静静地等待着下一个来访者。

"全错了，"国王轻松愉快地叹了口气，"这是一个充满乐趣的游戏，只有来自堪萨斯的小姑娘制造了一个小小的意外。不过我仍然添了很多精致的小摆设。"

"接下来该到我了。"比莉娜轻松地说。

"啊？差点把你忘了，"国王说，"不过你要是害怕，可以不去，我会网开一面，放你走的。"

"不，我不相信你，"比莉娜说，"我必须去猜，你答应过的。"

"随便你，你这只愚笨的母鸡！"国王嘟囔着，又让通往王宫的门打开了。

"放弃吧，比莉娜，"多萝茜发自内心地劝她，"猜对那些东西实在太难了，我是仅仅靠运气，才没变成小摆设永远留在那里。留在我身边，我们一起回埃夫国，我相信这个小王子一定会收留我们的。"

"那是当然。"小王子骄傲地说。

"放心吧，亲爱的，"比莉娜一边说，一边发出"咕咕"的叫声，这应该算是她的笑声，"虽然我不是人，只是一只小鸡，但我不是笨蛋。"

"哎！别说了，比莉娜，"多萝茜说，"自打你——长大后，你早已不是小鸡了。"

　　"也许你是对的，"比莉娜仿佛在思考着什么，"但是如果堪萨斯的农场把我卖给了别人，那个人会叫我什么呢？母鸡还是小鸡？"

　　"你现在不在堪萨斯的农场里，比莉娜，"多萝茜说，"而且——"

　　"算了，多萝茜，我要出发了，我不多说了，因为我会回来的，别担心，你很快就会再次见到我。"

　　接着比莉娜高高叫了几声，又让那个矮胖狡猾的国王神经再次紧绷，然后她穿过那扇门，走进了王宫。

　　"我再也不想看见那只母鸡，"国王边说边坐上他的宝座，拿出他那同石头一样颜色的手帕抹去额前的汗珠，"就算在正常情况下，母鸡也不讨人喜欢，更何况是一只会说话的母鸡，简直让人心惊肉跳。"

　　"比莉娜是我的朋友，"多萝茜淡淡地说，"或许她有时会失礼，但我非常相信，她有一副好心肠。"

第十六章
紫色的、翡翠的和金子的

　　比莉娜昂首挺胸、大摇大摆地在金碧辉煌的王宫厚厚的天鹅绒地毯上踱着步，一双小眼睛机警地打量着周围的一切。

　　比莉娜有资格骄傲，因为只有她知道矮子精国王的秘密，能够分辨被施了魔法的装饰和原本就不是活物的装饰。她绝对有信心猜对，但是在猜测之前，她很想参观一下这个华丽的地下王宫，这里很可能是所有仙境中最富丽堂皇的地方之一。

　　在各个房间参观的过程中，她清点了紫色的小摆设。虽然有些很小，藏在不起眼的地方，但比莉娜还是都找到了，数一数刚好是十个。她没有花时间去找翡翠色的装饰品，因为她自信能全部找到。

比莉娜参观、欣赏完整个王宫以后，回到了她见过有一个紫色大脚凳的房间。她把爪子伸过去碰了碰，说了一句"埃夫"，大脚凳马上不见了，站在她面前的是一位美丽端庄的女士，穿着极其华贵的服饰。

有好一会儿，这位女士诧异地睁大了双眼，因为她并不记得自己变成过大脚凳，也难以想象又变了回来。

"早安，女士！"比莉娜同她打着招呼，嗓音很尖厉，"按你的年纪来看，你保养得很不错。"

"谁在说话？"埃夫国王后自豪地挺起胸膛问。

"哦，我原来叫比尔，"比莉娜回答，这时她跳到了一个椅背上，"后来多萝茜给加了个词尾，改成了比莉娜，但是叫什么都无所谓。我把你从矮子精国王手里救出来了，从现在起你不是奴隶了。"

"那我要向你表示感谢，"王后边说边优雅地行了个礼，"但是——我的孩子们呢？求求你告诉我，他们在哪里？"她苦苦地哀求着，双手合十。

"放心，"比莉娜一边安慰她，一边啄住了一只爬过椅背的小甲虫，"他们现在都很安全，不会被伤害，连动一动身子都不可能。"

"请告诉我这是什么意思，善良的比莉娜。"王后努力控制自己焦灼的心情。

"他们全部被施了魔法，"比莉娜说，"跟你刚才一样——除了多萝茜救出的那个小王子以外，没有任何例外，他们这阵子一定都很乖巧，因为他们没有别的办法。"

"哦！我可怜的小乖乖！"王后喊着，流下了悲痛的泪水。

"别这样，"比莉娜说，"不要为他们的遭遇伤心了，女士，因为我马上就会让他们跟你团聚，像以前一样，他们就快回来烦你了。请跟我来，我会告诉你他们现在多精致。"

比莉娜说着飞下椅背，走进隔壁的房间，王后跟在她身后。路过一张小矮桌时，她注意到了一只小小的绿蚱蜢，赶紧飞扑过去，用尖厉的喙啄住。因为蚱蜢是母鸡最喜欢的食物，看见必须马上啄住，否则它们会迅速逃走。如果奥兹女王真的是一只蚱蜢，而不是翡翠，那么那就没救了。但是比莉娜感觉这蚱蜢十分坚硬，不是活物，害怕吃了有危险，所以马上就把它放开了，没有吃下去。

"我早该猜到，"她喃喃自语道，"蚱蜢不会出现在没有青草的地方，也许是被国王施了魔法的东西。"

不一会儿，她走近一个紫色的小摆设，王后好奇地注视着她。

比莉娜解除了矮子精国王的魔法，很快，一个甜美可爱、金发披肩的小女孩就出现在她们面前。

"埃万娜！"王后喊道，"我的好宝贝！"她把女孩抱在怀里，一个劲儿地亲吻着。

"就是这样，"比莉娜高兴地说，"我厉害吧，国王先生？对，就这么办！"

接着她又给另一个女孩解除了魔法，王后叫她埃夫萝丝，然后是一个叫埃沃尔多的小王子，他比埃夫林年龄大。比莉娜的行为给王后带来了极大的惊喜，她一一用力拥抱自己的孩子们，万分激动。最后，五位公主和四位王子在欣喜若狂的母亲身边站成一排，他们的长相都差不多，就是身高不一样而已。

五个公主的名字依次是埃万娜、埃夫萝丝、埃薇拉、埃维雷妮和埃薇德纳，四个王子的名字依次是埃沃尔多、埃夫罗波、埃文顿和埃夫罗兰德。埃沃尔多是长子，回到埃夫国后将会继承王位，他看上去是一个稳重谨慎的青年，肯定会公正地处理好国事。

比莉娜使埃夫国王族都变回了以前的样子，又开始寻找由奥兹国的人变成的绿色小摆设。她很容易地找到了那些东西，很快，二十六名军官和一个士兵就站在她身旁庆祝自己重获自由。这时，在各个房间里得到解救的三十七个人十分明白，他们能够脱险完全是因为这只勇敢睿智的黄母鸡，于是都向她表达真挚的谢意。

"接下来，"比莉娜说，"我们必须找到奥兹玛，她肯定在这里，就在不知名的角落里，她来自奥兹，应该是绿色的。你们这些又蠢又笨的官兵，快四处找找，帮帮我的忙。"

然而，好半天过去了，他们没发现任何绿色的东西。不过王后在又一次吻过她的九个孩子以后，终于有时间关心眼下的状况了，她对比莉娜说："善良的朋友，你找的会不会是那只蚱蜢？"

"一定是！"比莉娜喊道，"我看我已经跟这些威武的官兵一样蠢笨了，在这里等着我，我这就去把它拿回来。"

比莉娜立刻去了发现那只蚱蜢的房间，不多时，跟以前一样美丽端庄的奥兹玛就回来了。她走到埃夫国王后面前，像一个出身高贵的公主遇见同样高贵的王族一样，向王后点头致意。

"可是我的朋友稻草人和铁皮人变成了什么？"在礼貌地打过招呼后，奥兹玛问。

"我这就去找他们，"比莉娜说，"稻草人和滴答人都是纯金的，可惜我不知道铁皮人变成了什么，只听国王说把他变成了一件特别可笑的东西。"

奥兹玛心急地跟比莉娜一起找，很快就找到了稻草人和滴答人这两件金光闪闪的饰品，并让他们变回了原来的样子。然而无论如何他们也没有找到可能是铁皮人变成的那件可笑的东西。

"眼下只有一个办法，"奥兹玛说，"回去找矮子精国王，要求他必须说出把铁皮人变成了什么。"

"如果他就是不说呢？"比莉娜问。

"他必须说！"奥兹玛义正词严地说，"国王十分阴险狡诈，他摆出一副公平诚恳的样子，却让我们大家全部掉进了陷阱，要不是我们机灵聪敏的朋友比莉娜，我们将永远被魔法折磨。"

"国王是个魔鬼。"稻草人说。

"他的笑脸比别人的怒容更可恶。"士兵抖抖肩说。

"我原本还以为他是个好人，但是我错了，"滴答人说，"我的想法一般都对，但有时也会出现失误，或是想得不妥当，这要怪铁匠和白铁匠。"

"铁匠和白铁匠把你制作得非常好，"奥兹玛体贴地劝说道，"就算你并非完美无缺，也不该怪罪他们。"

"你说得对，谢谢你。"滴答人说。

"那么，"比莉娜松了一口气说，"要不我们这就回到觐见室，看看那狡
猾的国王有什么话说。"

大家朝进来时那扇门走去，奥兹玛打头，王后和她的九个孩子跟在后
面，接着是滴答人和稻草人，比莉娜就落在稻草人那稻草扎成的肩膀上，
二十六名军官和一个士兵走在最后。

他们走到门前，门自动打开了，但是所有人都停下了前行的脚步，用
诧异和懊恼的表情望着圆顶的觐见室——整个房间都是身穿铠甲的矮子精
国勇士，整齐划一地列着队。他们前额的探照灯很亮，手持战斧摆出砍人
的架势，但是并没有任何动作，似乎在等待命令。

在这威武的队伍中间，矮子精国王端坐在他的岩石宝座上，但他既没
有露出和善的笑容，更没有开怀大笑。相反，他的脸因为极度的愤怒变了
形，显得十分狰狞。

第十七章

稻草人大获全胜

当时，比莉娜走进王宫以后，多萝茜和埃夫林就坐下来等她的消息，国王也信心百倍地在坐在宝座上吸着长烟斗。

很快，宝座上方的大钟开始响，解除一次魔法，这钟就会响一次。国王大惊失色，跺着脚喊："坏了！坏了！"

当钟声又一次响起时，国王愤怒地喊道："去死！"第三次响起钟声后，他愤怒得狂吼"西里克里西里路"，这肯定是个可怕的词语，因为谁都没听说过。

接着，铃声接二连三地响，国王已经气得失去了理智，他跳下宝座，在房间里胡乱地又蹦高又跳脚，这情景让多萝茜想起了她的玩具跳娃娃。

当然，对多萝茜来说，每当钟声响一次，她心中的喜悦就多一分，因为这意味着又一个人得救了。对于比莉娜带来的惊喜，多萝茜其实也很意外，因为她难以想象比莉娜是怎样从王宫众多房间里那些让人头晕眼花的装饰品中把想救的人挑出来的。但是钟声响过十次以后还在继续响，她就明白了，不仅是埃夫国王族，就连奥兹玛和她的手下也获救了，她开心极了，所以暴跳如雷的国王的滑稽行为，只能让她捧腹大笑。

矮胖的国王本来就气得要死，多萝茜的笑声又让他的怒火烧得更旺，他像一只猛兽一样疯狂地冲她吼叫。接着他意识到，所有的魔法都即将被解除，所有被囚禁的人都将重获自由，他就迅速穿过小门跑到阳台上吹起口哨，命令士兵集合。

转眼间，一队队士兵从金门和银门中接踵而出，由他们的上尉，一个满脸凶相的矮子精带队，走过高高低低的楼梯，来到觐见室。很快，矮子精士兵就把觐见室挤满了，其余的在下面的大洞穴中井然有序地列队站立，静待国王发号施令。

当士兵们刚刚走进觐见室时，多萝茜紧贴着石室的一个角落站着，手上牵着小王子埃夫林，胆小狮和饿虎分别蹲在他们的两侧。

"把这个小丫头抓起来！"国王大声命令上尉，于是一队士兵气势汹汹地向多萝茜走过去，但是胆小狮和饿虎发出野兽的咆哮声，露出尖厉粗长的牙齿，把他们吓得纷纷后退。

"别管这两只野兽，"国王喊道，"他们在角落里根本施展不开。"

"但他们也会伤着要带走小丫头的士兵。"上尉说。

"我来解决吧，"国王说，"我可以用魔法让他们张不开嘴。"

他走下宝座，打算施展魔法。就在这时候，锯木马跑到他身后，用两只木头做的后腿狠狠地踢他。

"啊！啊！杀人啦！造反啦！"国王痛呼道，他被踢得撞到几个士兵身上，受了重伤，"谁干的！"

"就是我！"锯木马凶巴巴地说，"别打多萝茜的主意，否则我还会对你

不客气！”

"走着瞧！"国王边说边向锯木马挥了挥手，嘴上嘀咕着咒语。"哈哈！"他又说，"现在看你还神不神气，你这头没用的骡子！"

然而锯木马对魔法根本就没反应，照样行动自如，又迅速向国王飞奔过去，让那个矮胖子根本来不及躲闪就一蹄子踢过去，直接把那肥胖的身躯踹到了半空，砸向上尉，上尉一躲，国王"嘭"的一声仰面倒地。

"咦？咦？"国王挣扎着坐起来，"我的魔法腰带居然失灵了，太奇怪了。"

"这东西是木制的，"上尉说，"你的魔法腰带对木头不管用，你忘了吗？"

"哦，哦！我一时没想起来，"国王边说边费力地站起来，一瘸一拐地走回宝座。"那算了，别管那小丫头了，反正她肯定逃不掉。"他说。

刚才的情形使士兵们乱作一团，这时他们赶紧整理好队伍，锯木马则穿过房间跑向多萝茜那里，站在了饿虎身边。

这时，通向王宫的石门开启了，埃夫国王族和奥兹国的人出现在门口，他们看到一队队的士兵和宝座上怒气冲冲的矮子精国王，都停下了脚步，不知发生了什么事。

"马上投降！"国王大喊，"你们现在是我的奴隶了！"

"胡说八道！"比莉娜站在稻草人的肩上喊着，"你答应过我，要是我猜对了，就让我和我的朋友们平安回到地面上去，你还说你一向诚实守信。"

"我说过你们可以平安回到地面上去，"国王狡辩道，"你们可以这么做，但是你们做不到。你们是我的奴隶，我要把你们全部关进地牢，那里到处是爆发着的火山，火苗和岩浆让空气比蓝色的火焰热上一万倍。"

"唉！我死定了，"稻草人难过地说，"一丁点火苗，无论是蓝色的，还是绿色的，都能让我转眼间化为灰烬。"

"你们投降吗？"国王问。

比莉娜伏在稻草人耳边说了几句悄悄话，稻草人就高兴起来，并把手伸进了衣兜。

"绝不！"奥兹玛斩钉截铁地回答国王，然后命令她的军队说。"冲吧！威武的勇士们，为了你们的女王，也为了你们自己，奋勇向前吧！"

"很抱歉，神圣的奥兹玛，"一个将军说，"我和我的手下都有心脏病，做剧烈的运动就会发病。如果打仗，就不免有剧烈的动作。所以我们能否避开这致命的危险？"

"士兵不该有心脏病。"奥兹玛说。

"是的，士兵的确不该有这种病，"另一个将军若有所思地捋着胡须说，"如果陛下不反对，我将命令手下的士兵发起进攻。"

"同意！"奥兹玛回答。

"冲——啊！"所有的将军一起喊道。

"冲——啊！"所有的上校一起喊道。

"冲——啊！"所有的少校一起喊道。

"冲——啊！"所有的上尉一起喊道。

那唯一的士兵接到指令，手执长矛向敌人发起了攻击。

矮子精国的上尉面对这一突发状况，有些不知所措，甚至忘了指挥士兵进行反攻。就这样，离奥兹国的那名士兵的长矛最近的十个矮子精士兵跟布偶似的，一个接一个倒在了地上。但是，长矛穿不透钢铠甲，所以那些矮子精又陆续爬了起来，这时士兵又打倒了十个矮子精。

于是，矮子精上尉便举起战斧狠命砍下去，震落了士兵的长矛，使士兵完全失去了战斗力。

矮子精国王走下宝座，从一排排士兵中挤到前面，想看看战况。但是当他面向奥兹玛这一队人时，稻草人似乎被士兵的英勇所感染，从衣兜里掏出一只比莉娜下的蛋，使劲丢向矮子精国王的头。

鸡蛋正好砸到国王的左眼，蛋壳摔得粉碎，黏稠的蛋黄和蛋白流了国王满脸，头发和胡子上都有。

"救我！救我！"国王惨叫着，伸手胡乱地抓着那些蛋白和蛋黄，想把它们拿开。

"是鸡蛋！是鸡蛋！快跑！"矮子精上尉惊恐地尖叫着。

看看他们是怎样的狼狈吧！所有矮子精士兵都拼命想躲开有剧毒的蛋黄和蛋白，连滚带爬地踩过同伴的身体，有些士兵嫌楼梯曲曲折折不方便逃命，干脆从阳台上跳到下面的洞穴中，把那里好好站着的人撞得人仰马翻。

国王还在凄惨地喊着"救命"，原本挤满觐见室的矮子精士兵已经全部不知去向。还没等国王擦干净左眼的蛋黄和蛋白，稻草人就把另一只鸡蛋扔向他的右眼，鸡蛋又碎了，国王两只眼睛全瞎了。国王跑不了，因为他看不见路，所以他只好站在原地哀号，声音又凄厉又尖锐。

这时候，比莉娜飞到多萝茜那边，站到胆小狮背上，焦急地嘱咐多萝茜："去拿他的腰带，去拿矮子精国王那条镶满珠宝的腰带，快！多萝茜！快！"

第十八章

铁皮人的命运

多萝茜听了比莉娜的话，一溜烟跑到矮子精国王身边，很容易地就把他那镶满珠宝的华丽腰带抽了出来，然后又回到胆小狮和饿虎身边，而那愚蠢的国王还毫无察觉地只顾着擦眼睛上的蛋液呢。多萝茜不知道怎样处置那条腰带，干脆就把它系在了自己的细腰上。

这时候，国王的大总管拿着海绵和一碗水匆匆跑了进来，为他的主人擦干净脸上的蛋液。不一会儿，当所有人都站在那里观望时，国王已经恢复了视力，他首先恶狠狠地冲稻草人吼道："你这个草包！你一定会为今天所做的事后悔！你不知道矮子精最怕鸡蛋吗？"

"我知道，"稻草人说，"我知道你们最怕鸡蛋，但我不知道原因。"

"那都是最新鲜的鸡蛋，"比莉娜说，"你应该为得到它们而感到荣幸。"

"我要把你们都变成蝎子！"国王气极了，张牙舞爪地吼着，嘴上不住地念着咒语。

然而，在场没有一个人变成蝎子，国王停止了动作，目瞪口呆。

"为什么会这样？"他问。

"哎！你的魔法腰带呢？"大总管上下打量着国王问，"你没有系上那根腰带，你把它丢到哪里了？"

矮子精国王伸手摸摸腰，原本灰色的脸庞变得比石灰还白。

"不见了，"他绝望地说，"不见了，我完了。"

这时，多萝茜往前迈了一步说："尊敬的奥兹玛公主和埃夫王后，欢迎你们和你们身边的人重获自由，比莉娜拯救了你们，让你们离开了那可怕的因牢。现在，让我们离开这恐怖的地方，早早返回埃夫国吧！"

多萝茜说话的时候，大家都注意到了她腰上围着的魔法腰带，所有人都欢呼雀跃，尤其是稻草人和士兵声音最大。矮子精国王可没有这份好心情，他像一只丧家犬，灰溜溜地爬到自己的宝座上，为自己的下场号啕大哭。

"但我们还没有找到我忠诚的护卫铁皮人呢，"奥兹玛说，"找不到他我不能走。"

"我也这样想，"多萝茜说，"他不在王宫里面吗？"

"应该在那里，"比莉娜说，"但我对于猜测他是哪件小摆设毫无头绪，所以没办法把他带回来。"

"我们再去一次那些房间，"多萝茜说，"我相信这根魔法腰带会让那位老朋友再次出现在我们面前的。"

多萝茜返回了王宫，石门还开着，别人也随她进去了，除了矮子精国王、埃夫王后和小王子埃夫林。王后激动地对小王子又是亲吻又是拥抱，因为这是她最年幼的孩子。

多萝茜带领大家走到第一个房间，像矮子精国王以前那样，也挥了挥手，她念的咒语是让铁皮人变回来，无论他已经变成了什么。但是没起到任何作用，所以多萝茜又去其他房间，继续这样做，就这样，她走遍了王宫的每一个房间。然而，铁皮人始终没有动静，所有人当然也很难猜到他到底变成了这几万件小摆设中的哪一件。

大家失望地回到觐见室，国王发现铁皮人并没有回来，幸灾乐祸地对多萝茜说："你不知道腰带的正确使用方法，所以你用不着它，还给我吧，我会放你平安离开这里——以及跟你一起来的所有人，至于埃夫国的王族嘛，都是我的奴隶，当然不能离开。"

"我不会给你的！"多萝茜说。

"但是没有我的帮助，你们怎么离开这里呢？"国王问。

"这还不简单，"多萝茜说，"我们只要从来时的路出去就好。"

"哦，果然很简单，不是吗？"国王讽刺说，"那你看看走进这个房间的路在哪里？"

大家纷纷看向四面八方，但是看不到那条路，因为进来时那扇门早就关上了。但是多萝茜并没有退缩，她冲着厚厚的石壁挥挥手说："道路，道路，快快出现！"

奇迹发生了：石门开启了，一条小路清清楚楚地出现在大家面前。

国王大吃一惊，其他人则兴高采烈。

"显然，腰带是听你指挥的，但是为什么不能帮我们找到铁皮人呢？"

"我也不知道。"多萝茜回答。

"听我说，姑娘，"国王迫切地提议说，"把腰带还给我，我就告诉你们铁皮人变成了什么装饰，你们立刻就能找到他。"

多萝茜有些动心，比莉娜阻拦道："别答应！这家伙如果拿到腰带，非把我们全都囚禁起来，我们就会全部受他控制。多萝茜，只有腰带在我们手里，大家才能平安出去。"

"我同意比莉娜的话，"稻草人说，"而且由于我十分聪明，所以我想出了一个办法，如果矮子精国王不到王宫里去把我们的朋友尼克·乔伯——也就是铁皮人变成的小摆设拿出来，多萝茜，你就把他变成一只鹅蛋。"

"鹅蛋？"国王吓得直发抖，"这太恶毒了。"

"没错！"比莉娜咕咕笑着说，"你不去王宫把铁皮人变成的小摆设拿出来，就等着成为一只鹅蛋吧！"

"你也看到了，魔法腰带听多萝茜的指挥。"稻草人补充道。

矮子精国王考虑了，一下同意了，因为他十分害怕变成一只鹅蛋。当他走进王宫去取铁皮人变成的装饰品时，大家都有些焦躁了，因为所有人都想立刻离开这个没有阳光照射的地方。然而，矮子精国王回到觐见室时双手却一无所有，满脸都是疑惑和不安的表情。

"他不在那里，"国王说，"铁皮人消失了。"

"你没撒谎吗？"奥兹玛冷冷地问道。

"我不敢撒谎，"国王小心翼翼地回答，"我记得我把他变成了什么东西、放在什么位置，可是他没在那个地方，求你们别把我变成鹅蛋，我说的都是真话。"

大家都不说话了，过了好一会儿，多萝茜说："把他变成鹅蛋也没有用，看来，我们只能丢下我们的老朋友了。"

"如果他不在王宫，我们也救不了他，"稻草人难过地表示赞同，"可怜

的尼克，你到哪里去了？"

"他还欠我六个星期的薪水呢。"一个将军用绣着金线的衣袖抹着眼泪说。

大家无比艰难地决定丢下好朋友铁皮人，离开地下王宫，奥兹玛下令队伍出发。

军队走在最前面，接着是埃夫国王族，然后是多萝茜、奥兹玛、比莉娜、稻草人和滴答人。

矮子精国王坐在宝座上皱着眉头看着他们离开，他们压根没意识到危机正在袭来，直到奥兹玛不经意地回了一下头，才发现大批矮子精士兵举着刀、剑、矛、斧正在杀气腾腾地奋力追赶他们，打算追上就乱砍一通。

这显然是矮子精国王阻止他们逃走的最后办法，但他依然不能达到目的。因为多萝茜发现自己和伙伴们正在被追杀时，干脆停下脚步挥了挥手，小声对魔法腰带说了些什么。

几乎是一瞬间，打头追杀他们的士兵就变成了鸡蛋，数不清的鸡蛋在

地上滚来滚去，后头的士兵要往前跑，就一定会踩到，于是他们马上失去了前进的勇气，纷纷转身，连滚带爬地逃回洞穴，说什么也不敢出来了。

多萝茜和朋友们再没遇到什么危险，顺利地走出了地下洞穴，终于能够站在两座高山之间那狭窄的小路上呼吸地上的空气了。通往埃夫国的道路就在眼前，他们都发自内心地希望永远别再看见狡猾的矮子精国王和他那恐怖的王宫了。

队伍由奥兹玛和埃夫王后带领，奥兹玛骑着胆小狮，埃夫王后骑着饿虎，十个王子和公主挽着手跟在母亲后面，多萝茜骑着锯木马，稻草人步行，因为铁皮人不在而承担起了指挥军队的任务。

道路越走越宽，阳光越来越充足，很快，大家就听到巨人的铁锤在地面上砸出"嘭嘭嘭"的巨响。

"这可怕的巨人拦着路，我们该怎么办呢？"王后担心地问，她害怕她的孩子们受到伤害。但是多萝茜对着魔法腰带说了一句话就把危机解除了。

巨人停止了敲击，纹丝不动地高举着铁锤，队伍轻而易举地从它那铁铸的双腿间穿行而过。

第十九章

俘虏国国王

　　这时，两边高山的石壁上仍然有跟石头一样颜色的矮子精在晃来晃去，但他们不敢发出声音了，显得挺有礼貌，所以这支勇于冒险的队伍没有再受到之前那些嘲笑声的骚扰。事实上，自从他们的国王一败涂地，这些矮子精就再也笑不出来了。

　　大家在巨人对面找到了奥兹玛的金色豪华车子，跟他们离开之前没什么两样。胆小狮和饿虎很快被套到车上，奥兹玛、王后和她的九个孩子坐了进去。

　　小王子埃夫林更乐意跟多萝茜一起骑锯木马，反正马背足够长。王子不像刚开始时那样害羞了，他很喜欢自己的救命恩人多萝茜，他们很快就成了好朋友，一起骑在锯木马上快乐地聊天。比莉娜也站在锯木马背上，锯木马也毫不在乎她的重量。小埃夫林十分好奇，一只黄母鸡不仅能说话，而且还说得头头是道。

队伍走到悬崖旁边，奥兹玛还是用魔毯把大家送到对面去，然后他们开始穿过鸟儿到处欢唱的树林，从埃夫国田园送来的微风混合着鲜花和新割的野草的香气，阳光照遍他们全身，既让他们觉得暖和，又驱除了从矮子精国地下王宫带出来的潮气和寒气。

"如果铁皮人也在这里就好了，"稻草人对滴答人说，"把他一个人留在那儿，我想起来就难过。"

"他是个——老实人，"滴答人说，"就是材料不——大——结——实。"

"不，铁皮是上好的材料，"稻草人赶紧说，"无论可怜的铁皮人遭遇了什么，很容易就能焊接好，而且他不必上发条，不会轻易坏。"

"我倒是——希——望，"滴答人说，"能跟你似的，做一个稻草人，用铜做成太难受了。"

"我没有理由埋怨老天不公，"稻草人说，"随时给我塞点新鲜的稻草，我就会一直保持活力。当然，我也永远不会像我那不幸的朋友尼克一样，成为一个光鲜锃亮的绅士。"

想必谁都不会怀疑，埃夫国王后和她的儿子、女儿们看见他们心爱的祖国，心情是多么激动。当埃夫国王宫的塔楼进入视线时，他们忍不住欢欣鼓舞，骑在马背上的小王子埃夫林从衣兜里掏出一只奇形怪状的铁皮哨吹起来，那尖锐的哨声把锯木马吓得险些跌个跟头。

"什么东西？"比莉娜问，为了不从受惊的锯木马背上摔下去，她不得不扇着翅膀。

"我的口哨。"埃夫林一边回答，一边把哨子展示给她看，这是一只翡翠色的、铁皮做的胖小猪，吹哨的地方则在猪尾巴上。

"你从哪里拿的？"比莉娜一边问，一边用锐利的眼神观察着这个小玩意。

"是多萝茜在矮子精国的地下王宫猜东西时，我在地上捡的，就装起来了。"

"咕——咕——咕——咕!"比莉娜开怀大笑,这声音就算是属于她自己的独特的笑声吧。

"怪不得我们始终没发现铁皮人,怪不得连魔法腰带都对他没办法,怪不得国王都找不到他。"比莉娜一连说了三个"怪不得"。

"你想到什么了?"多萝茜问。

"这还用问?埃夫林把他收起来了。"比莉娜"咕咕"地高叫了一声说。

"胡说!"埃夫林反驳道,"我只装了一个哨子!"

"别不认账,看我的!"比莉娜一边说一边用一只爪子碰碰哨子说了句"埃夫"。

"唰唰"几声,铁皮人奇迹般地出现在大家面前。

"各位好!"他摘下那顶漏斗形的帽子,向大家鞠了一躬,"我想,这应该是我降临到这世上以来,第一次睡着,因为我根本不知道我们为什么又回到了这里。"

"你被施了魔法,"多萝茜开心地伸手紧紧搂住他的肩膀,"幸好现在没事了。"

"我要我的口哨!"小埃夫林哭着喊道。

"口哨现在没了不要紧,等你回到王宫应有尽有。"比莉娜安慰道。

稻草人对于老朋友的获救也感到万分激动和开心,几乎是扑到他身上的,滴答人也很亲切地跟铁皮人握手,差点把他的手指捏变形。然后他们给奥兹玛让路,让她过来问候铁皮人,军官和士兵看见铁皮人也很激动,欢呼雀跃。这么说吧,因为铁皮人的人缘非常好,当人们以为将永远见不到他时,他又奇迹般地出现了,怎能不令人激动而欣喜呢?

队伍很快到达埃夫国王宫,王宫门口集合了庞大的闻讯赶来欢迎王后和王子、公主们的人群,队

伍行进的路上铺满鲜花，每个人都欢呼着、叫喊着，脸上露出发自内心的笑容。

此时，兰威德尔公主正在她镶满镜子的密室里欣赏自己认为最美丽的那个头颅，头颅上有浓密的栗色长发、目光迷蒙的胡桃般的眼睛和挺拔的山核桃状的鼻子。得知王后带着孩子们回到王宫，兰威德尔公主十分开心自己终于能够卸下管理国家的重担，王后则慷慨地许诺她可以永远保留自己的密室和那满房间的头颅。

接着，王后牵着大王子埃沃尔多的手走到阳台上，对阳台下那庞大的人群宣布："他即将成为你们的君王，他上衣有十五颗银扣子，今年十五岁，是埃夫国第十五代君主——国王埃沃尔多十五世。"

人群大声欢呼十五次，表示支持，就连不少在场的车轮人也大声表示会效命新君。

随后，王后为埃沃尔多戴上一顶镶嵌着大红宝石的黄金王冠，并为他披上貂皮长袍，宣布他已正式登基。埃沃尔多虔诚地向下面的臣民鞠了一躬，然后转身去了王宫的餐厅，试图找到一些食物。

奥兹玛公主和她的军队以及多萝茜、滴答人、比莉娜都得到了王太后的盛情款待，她能享有今天的幸福，完全都是因为这些好心人的善举。就在当晚，在所有人的注视下，新国王埃沃尔多为比莉娜献上一串珠宝和一条蓝宝石项链，以表达自己的尊重和谢意。

第二十章

翡翠城

多萝茜最终接受了奥兹玛的邀请，跟她一道回奥兹国。不管怎么说，奥兹国总是比埃夫国更方便自己回家，更何况多萝茜也十分想念那个让她有许多奇妙有趣的经历的国家。现在，亨利叔叔很可能已经乘船到达澳大利亚，甚至会认为她已经不在人世，所以她就算走得更远些，也不会使他更担心。因此，多萝茜打定主意要去奥兹国。

他们与新国王、王太后和公主们告别，埃沃尔多国王向奥兹玛承诺，永远不会忘记她的帮助并且会尽自己所能为奥兹国服务。

队伍很快再次到达危机重重的沙漠上，奥兹玛抛出

魔毯铺路，使大家毫不拥挤地平安通过了沙漠。

滴答人一直自称是多萝茜忠心的仆人、完全属于多萝茜，所以也受到奥兹玛的邀请。在他们出发之前，多萝茜把他的发条上得紧紧的，使他能够轻松地跟随队伍一起上路。

奥兹玛同时也邀请了比莉娜，所以比莉娜也很开心可以到那个既能让自己增长见识又有美丽风景的地方去。

他们从清晨开始穿越沙漠，路上只休息了一会儿，是为了等比莉娜下蛋——这是她每天必须做的事。太阳还老高的时候，他们就看到了奥兹国郁郁葱葱的山坡和树林苍翠的群山。途中，他们路过了蒙奇金的领土，蒙奇金国王早早等在边境上，恭敬地迎接奥兹玛，祝贺她平安归来。奥兹国统治着蒙奇金、温基、奎德林和吉利金，就跟统治自己的国家一样，而奥兹国神圣的女王奥兹玛住在首都翡翠城，刚好处在这四个王国的中央位置。

当晚，蒙奇金国王在王宫中款待他们。第二天一大早，他们朝翡翠城进发，沿着铺满金砖的大道到达嵌满珠宝的蒙奇金王城大门。一路上几乎随时都有臣民出来迎接他们可亲可敬的女王，并礼貌地问候稻草人、铁皮人和胆小狮，因为他们也是很受欢迎的。多萝茜也记起了这中间的不少人，这些人曾在她第一次来奥兹国时盛情招待她。他们也很开心能再次见到这个来自堪萨斯的小女孩，不住地问候她，并向她献上美好的祝福。

他们在半路停下来用餐。奥兹玛从一个美丽的挤奶姑娘手中接过一碗牛奶，她认真打量了那姑娘一眼便喊道："哎哟，你不是琴洁吗？"

"是我，陛下。"那姑娘礼貌地鞠躬回答。

奥兹玛吃惊地看着这个满脸温顺的姑娘，想起她曾经集结一队娘子军把稻草人赶下翡翠城的王位，甚至跟魔法十分厉害的格琳达女巫开过战。

"我跟一个有九头奶牛的人结了婚，"琴洁说，"现在的生活十分幸福、稳定，不想再没事找事了。"

"你丈夫呢？"奥兹玛问。

"他在牛圈里给一只打架受伤的白奶牛治伤，"琴洁平心静气地回答，"我也要去给那只白奶牛挤奶了，那笨蛋非要去挤那头红奶牛，不过我相信，他以后一定不敢了。"

很快，队伍又出发了。他们坐船横渡了一条波澜壮阔的大河，又走过了无数刷着绿漆的漂亮、精致的圆顶农舍，还路过一栋挂着各色旗帜的高楼。

"我忘记那是什么楼了，"多萝茜问，"它是干什么的？"

"这是艺术和体育大学，"奥兹玛回答，"是我不久前下令建成的，校长是环状甲虫，他整天忙忙碌碌的，而那些在这里读书的青年过得比以前还好些。你知道，在奥兹国，青年们都不愿意工作，相对来说更喜欢上学。"

这时，他们终于到达翡翠城了，大批人出城迎接他们尊贵的君主奥兹玛。有乐队、大臣、王室成员，更多的是盛装而来的市民。

于是，至高无上的奥兹玛在大队人马的簇拥下进入了王城，道路两旁的欢呼声一浪高过一浪，奥兹玛不时向四周点头致意，向臣民们表示感谢。

当晚，王宫大摆筵席，奥兹国最有权势的人都来参加。南瓜人杰克虽然熟得过了头，活动起来仍然很积极。他献上一篇贺词，赞美奥兹玛公主坚守高尚使命，英勇地拯救了邻国王族。

接下来，二十六名军官都被授予镶嵌着宝石的华贵勋章，铁皮人被奖励一把镶着金钻的新斧头，稻草人被奖励一瓶擦脸油，多萝茜被授予一顶华丽的王冠，并被封为奥兹国公主，滴答人被奖励一对镶嵌八排光彩夺目的翡翠的手镯。

在宴席上就座时，奥兹玛邀请多萝茜坐在自己右边，邀请比莉娜坐在自己左侧——她已下令为比莉娜铸了一个金鸡窝，并为她准备一只镶嵌宝石的浅盘，里面装满食物供她啄食。接着就座的是稻草人、铁皮人和滴答

人，他们面前放的是色彩缤纷的花篮，因为他们不吃东西。二十六名军官坐在长桌的下首，胆小狮和饿虎也有座位，他们的食物都装在金色大浅盘里面，每次送上来的都有好几十升。

翡翠城最富有的市民都万分荣幸地为这些有名的冒险家服务，包括一个叫吉莉娅的小姑娘。稻草人拧拧她粉红色的脸颊，好像跟她原本就是熟人。

用餐的时候，奥兹玛突然若有所思，问道："那个士兵呢？"

"哦，他在打扫军营，"一个将军一边狼吞虎咽地嚼着鸡腿一边回答，"不过我已经下令了，等他打扫完，奖励给他一个糖面包。"

"把他叫过来。"奥兹玛命令道。

在大家都等着这个士兵时，奥兹玛又问："我们国家的军队共有多少名士兵？"

"这个，"铁皮人回答，"我想想，共有三名。"

这时，那个士兵进来了，非常恭敬地向奥兹玛和他的长官们行礼。

"年轻人，你叫什么名字？"奥兹玛问。

"女王陛下，我叫奥姆比。"士兵回答。

"好，奥姆比，"奥兹玛说，"我封你为奥兹国全部军队的大统领，并兼任王宫护卫队司令。"

"可是，"奥姆比犹豫不决地说，"担任这些职务得花不少钱，我甚至连制服都买不起。"

"国库会负责你的开销。"奥兹玛说。

于是，这名士兵也在长桌上有了席位，其他军官向他表示了热烈的祝贺，大家又开始愉快地用餐。

突然，吉莉娅喊道："什么食物都没有了！饿虎吃光了一切！"

"还有比这更糟糕的事呢，"饿虎沮丧地说，"不知道什么时候发生了什么事，我的胃口竟然弄丢了。"

第二十一章
多萝茜的魔法腰带

作为女王的贵客，多萝茜在奥兹国愉快地生活了好些天，女王也为能让她玩得开心而感到满意。

多萝茜再次见到了上次来奥兹国认识的很多老朋友，又结交了不少新朋友，她发现无论自己走到哪里，身边都围绕着许许多多好朋友。

一天，她到奥兹玛的会客厅做客，看见墙上有一幅画，画面时时刻刻都在发生变化。

"太奇妙了！"她目不转睛地盯着那幅画赞叹道。

"是的！"奥兹玛说，"它的确是一幅奇妙的魔法地图，不管我想看世界上的任何地方、任何人，只要说出来，它就会

让我如愿。"

"我可以试试吗？"多萝茜迫切地请求。

"当然可以，亲爱的。"奥兹玛回答。

"魔法地图、魔法地图，我想看看古老的堪萨斯农场和我的爱姆婶婶。"多萝茜对着那幅画说。

一瞬间，画面上就出现了那些熟悉的农舍，爱姆婶婶也在里面。她正在厨房的玻璃窗下洗碗，看上去身体不错，心情也很愉快。农场的雇工驱赶着牲畜在农舍后面的田地里收割庄稼，多萝茜觉得麦子和玉米都能大丰收。农舍的走廊里，多萝茜最心爱的小狗托托正沐浴着阳光熟睡。让多萝茜感到不可思议的是，那只老花母鸡正在农场里跑来跑去，身后追着十二只刚孵出来不久的小鸡。

"看来家里一切都很好，"多萝茜终于放下心来，"魔法地图、魔法地图，现在我想看看亨利叔叔。"

画面的场景立刻变成了澳大利亚悉尼的一个宽敞明亮的房间，亨利叔叔正坐在一张安乐椅上，板着脸抽着欧石楠树根制成的烟斗，他看上去寂寞而哀伤，头发全白了，面色憔悴，身体消瘦。

"哦！"多萝茜心痛地喊道，"看来亨利叔叔的身体并没有起色，这是因为他在惦念我。亲爱的奥兹玛，我必须立刻去找他。"

"怎么去呢？"奥兹玛问。

"我也没想好，"多萝茜说，"不过我们可以去拜访一下好心的女巫格琳达吗？也许她能帮助我，告诉我去亨利叔叔那里的办法。"

奥兹玛立刻答应了，下令把锯木马套在一个粉绿相间的漂亮的敞篷四轮马车上，跟多萝茜一同乘坐马车去找著名的女巫格琳达。

格琳达热情地接待了她们，并听多萝茜述说着来龙去脉。

"你知道，我有一根魔法腰带，"多萝茜说，"如果我系上它，要求它送我去见亨利叔叔，你觉得可行吗？"

"应该可行。"格琳达笑眯眯地回答。

"如果，"多萝茜继续说，"哪天我想再到奥兹国来，腰带也会满足我的，

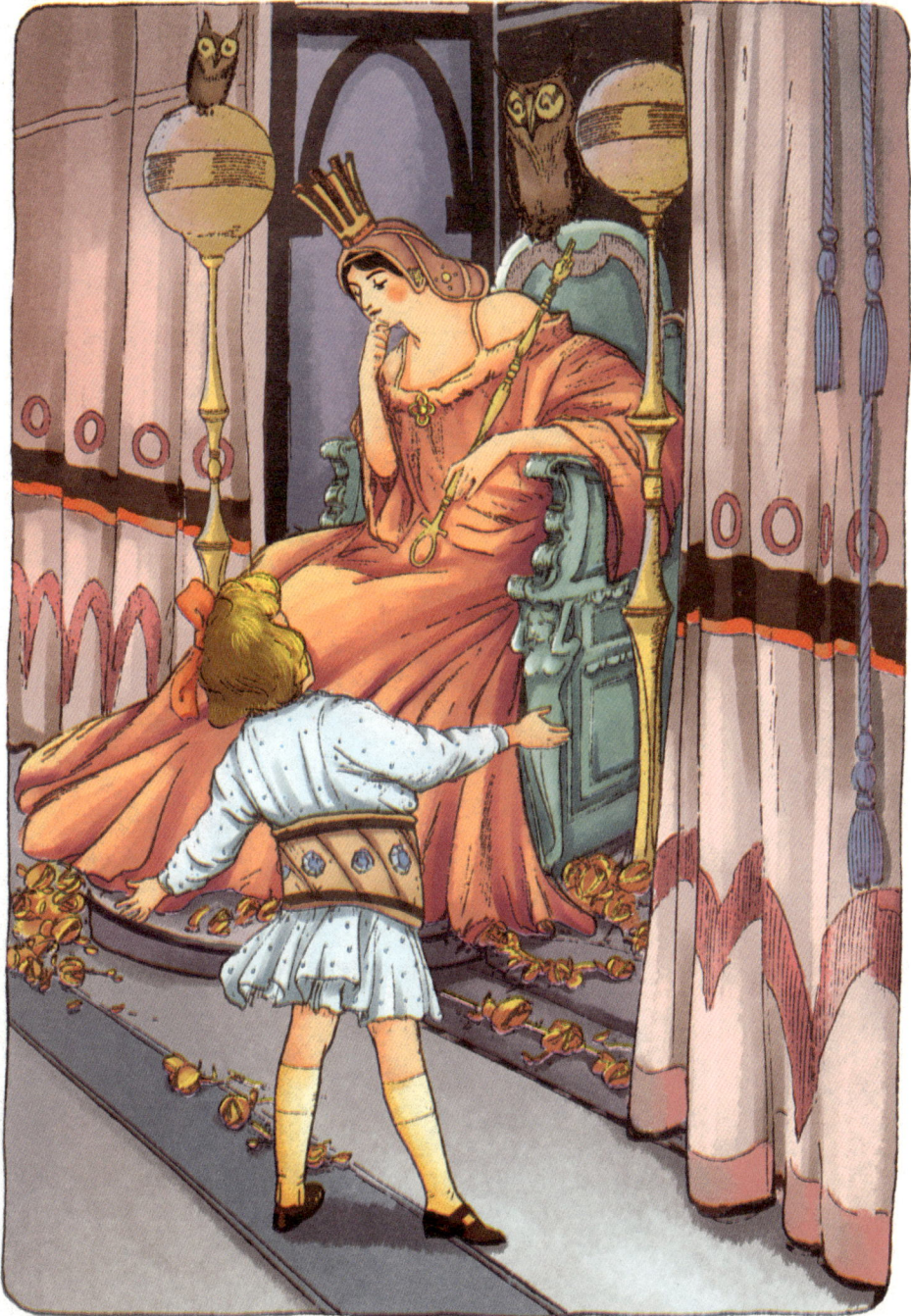

对吗？"

"这是不可行的，"格琳达说，"魔法腰带在仙境里才能起作用，比如埃夫国和奥兹国都可以。这么说吧，小姑娘，如果你系上它，要求它带你去澳大利亚跟你的叔叔团聚，这完全没问题，因为你是在仙境里许的愿。但是你一到澳大利亚，腰带就会不见的。"

"它会去哪里呢？"多萝茜问。

"不知道。就像你上次来奥兹时穿的那双银鞋一样，把你送回堪萨斯以后就消失了，没人知道它去了哪里。这样等于毁了这条魔法很厉害的腰带，实在太可惜了。"

"那么，"多萝茜思考了一会儿说，"我可以把这条魔法腰带送给奥兹玛，因为它能在奥兹国起作用，然后奥兹玛命令腰带送我去跟叔叔团聚，这样就不会把它弄丢了。"

"这倒是个好主意！"格琳达说。

　　两个姑娘又回到了翡翠城，路上，她们在马车里商量好：每周六上午，奥兹玛让魔法地图显示多萝茜在什么地方，不管在任何地方，她都要看看多萝茜，如果她看见多萝茜发出了两个人约定好的信号，就表示多萝茜希望再次拜访奥兹国，奥兹玛就会命令矮子精国王的腰带马上把她接过来。

　　一切商议完毕后，多萝茜就跟她的好朋友们道别。滴答人表示希望跟她一起去澳大利亚，但是多萝茜很清楚，在一个文明国家里，机器人是不能胜任仆人的角色的，甚至可能什么都做不了，所以她就拜托奥兹玛照顾滴答人。

　　而比莉娜则认为奥兹国是世界上最好的国家，所以决定留下来。"这里的蚂蚁和甲虫是世界上最美味的，而且应有尽有，"她说，"因此，我要在这里度过余生。我必须提醒你，亲爱的多萝茜，你想回到那个无趣的现实世界中去，真是愚蠢透顶。"

　　"亨利叔叔需要我。"多萝茜毫不犹豫地说。除了比莉娜，大家都认为她应该回去。

　　多萝茜在奥兹国的全部好朋友，不管是老朋友还是新朋友，都来到王宫，难舍难分地跟她道别，并为她献上最美好的祝愿。多萝茜同大家一一握手，并与奥兹玛吻别，最后把矮子精国王的魔法腰带交给她，嘱咐道："就这样吧，亲爱的女王陛下，当我挥动手帕时，请祝愿我能与亨利叔叔相聚。即将与你、稻草人、铁皮人、胆小狮、滴答人还有每一个人分别，我很不舍，但我又实在想念亨利叔叔，所以，再见了，亲爱的朋友们！"

　　于是，多萝茜站在院子中一大块美丽的翡翠上面，最后逐个看了看她的朋友们，挥动了手帕。